Tom vermelho do verde

Frei Betto

Tom vermelho do verde

BASEADO EM EVENTOS HISTÓRICOS

Rocco

Copyright © 2022 by Frei Betto

Direitos desta edição reservados à
EDITORA ROCCO LTDA.
Rua Evaristo da Veiga, 65 – 11º andar
Passeio Corporate – Torre 1
20031-040 – Rio de Janeiro – RJ
Tel.: (21) 3525-2000 – Fax: (21) 3525-2001
rocco@rocco.com.br
www.rocco.com.br

Printed in Brazil/Impresso no Brasil

Preparação de originais
PEDRO KARP VASQUEZ
MARIA HELENA GUIMARÃES PEREIRA

CIP-Brasil. Catalogação na publicação.
Sindicato Nacional dos Editores de Livros, RJ.

B466t

Betto, Frei, 1944-
　　Tom vermelho do verde / Frei Betto. – 1. ed. – Rio de Janeiro : Rocco, 2022.

　　Baseado em eventos históricos.
　　ISBN 978-65-5532-263-7
　　ISBN 978-65-5595-131-8 (e-book)

　　1. Ficção brasileira. I. Título.

22-77693
　　　　　　　　　　　　　　　　CDD: 869.3
　　　　　　　　　　　　　　　　CDU: 82-3(81)

Gabriela Faray Ferreira Lopes – Bibliotecária – CRB-7/6643

O texto deste livro obedece às normas do
Acordo Ortográfico da Língua Portuguesa.

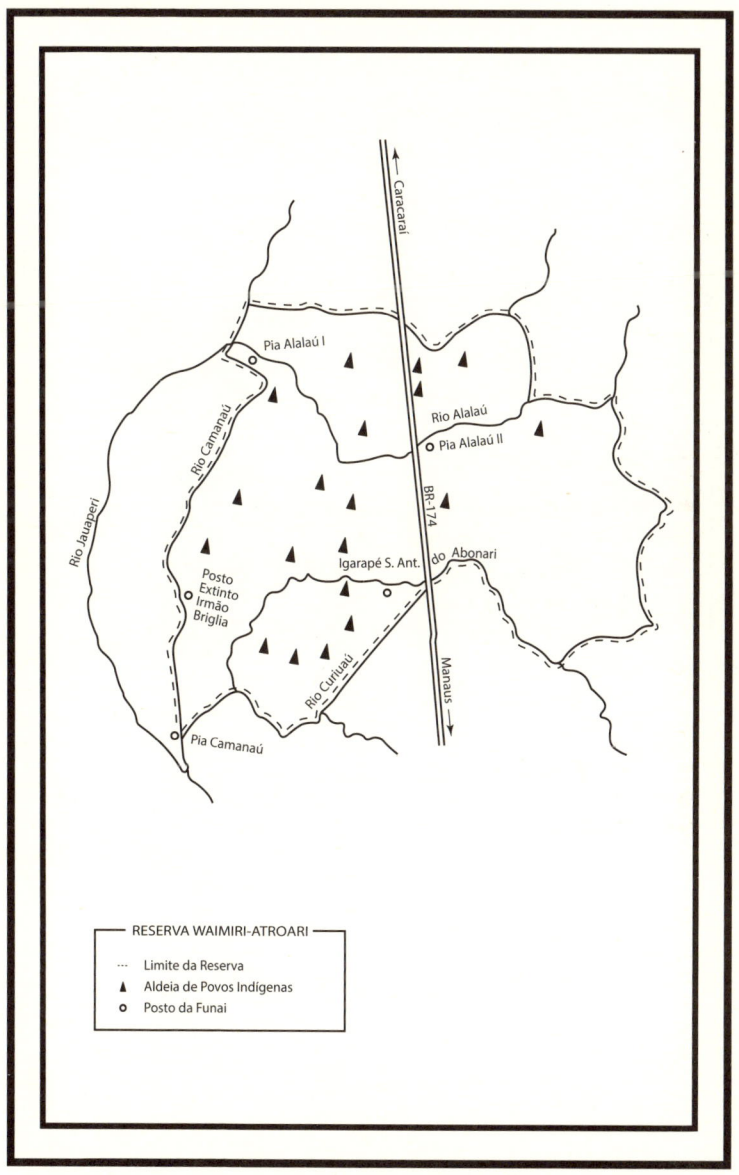

Mapa feito em 1982 pelo sertanista José Porfírio de Carvalho, autor do livro *Waimiri-Atroari, a história que ainda não foi contada* (Edição do Autor, 1982).

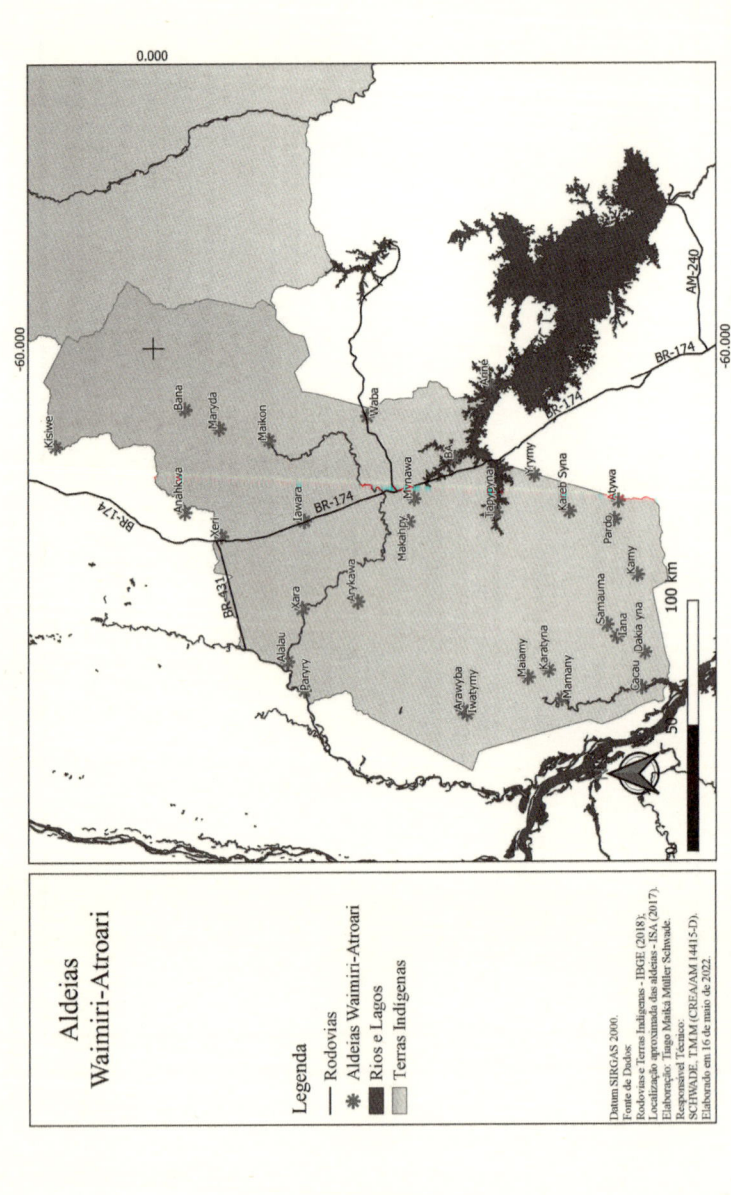

A Egydio Schwade
e Dorothy Alice Müller Schwade
(*in memoriam*), que consagraram
suas vidas à causa indígena.

"O rio é abundante em pesca; os montes, em caça; os ares, em aves; as árvores, em frutos; os campos, em messes; a terra, em minas; e os naturais que ali habitam, em grandes habilidades e agudos engenhos para tudo o que lhes importa."[1]

"O nosso povo sofreu com a ditadura militar. Em vários pontos das aldeias nos atacaram com canhões. Houve genocídio. Derramaram muito do nosso sangue, uma lembrança muito triste para o povo Waimiri-Atroari", declarou o líder indígena Ewepe Marcelo.[2]

"A história do desaparecimento de mais de dois mil Waimiri-Atroari em menos de cinco anos ainda é um mistério para a sociedade brasileira. Além dos *Kinja* sobreviventes, só elementos do Comando Militar da Amazônia e da Funai são detentores de informações sobre os acontecimentos no período em que essa tragédia humana ocorreu."[3]

---

[1] Descrição da Amazônia por Cristobal de Acuña, 1639. Citado em Carvajal, Rojas, Acuña. *Descobrimentos do Rio das Amazonas*. São Paulo: Companhia Editora Nacional, 1941, p. 169.
[2] In *Revista IHU on-line*, 20 de março de 2018.
[3] Egydio Schwade, em *Pressupostos da educação indígena*, texto remetido ao autor em dezembro de 2020.

Sumário

Mapas	5
Siglas	13
Capítulo I	15
Capítulo II	28
Capítulo III	46
Capítulo IV	80
Capítulo V	115
Capítulo VI	160
Capítulo VII	170
Capítulo VIII	187
Agradecimentos	205
Obras do autor	207

Siglas

CIA — Central Intelligence Agency, ou Agência Central de Inteligência dos Estados Unidos da América
CIMI — Conselho Indigenista Missionário
CNP — Congresso Nacional Popular
DER-AM — Departamento de Estrada de Rodagem do Amazonas
FAB — Força Aérea Brasileira
FUNAI — Fundação Nacional do Índio
INCRA — Instituto Nacional de Colonização e Reforma Agrária
MEPA — Missão Evangelizadora dos Povos da Amazônia
PARASAR — Esquadrão Aeroterrestre de Salvamento da Força Aérea Brasileira
PPP — Partido Progressista do Povo
RADAM — Projeto RadamBrasil, denominado Projeto Radar da Amazônia até 1975
SIL — Summer Institute of Linguistics
SNI — Serviço Nacional de Informações
SPI — Serviço de Proteção aos Índios
SUDAM — Superintendência do Desenvolvimento da Amazônia
UNICAMP — Universidade Estadual de Campinas
USAF — United States Air Force, ou Força Aérea dos Estados Unidos da América

Capítulo I

1

Indefinível o brilho dos olhos do coronel. Ora reluziam como se acentuados pela claridade solar, ora esmaeciam em profunda melancolia. Quando luzidios, pareciam refletir a pujante vegetação da floresta amazônica na qual depositara todas as suas expectativas. Dois diminutos globos a espelhar ansiedade, ambição, essa voracidade que brota do coração estufado de cobiças, atravessa a garganta quase a sufocá-la e impregna o olhar de expressão rútila e cruel.

Já o tom desvanecido se assemelhava ao vômito bilioso de suas vítimas nos antros de tortura da ditadura militar. As pupilas, recolhidas à proteção das pálpebras, se comprimiam aos gritos de dor que ecoavam inaudíveis aos algozes que martelavam afoitos a bigorna da resiliência para aniquilar o inimigo e quebrar o silêncio, último reduto de dignidade de quem já não espera viver. À noite, os olhos ganhavam ardor excitado, como prestes a saltar das órbitas, assombrados por recorrentes pesadelos nos quais seu corpo, sugado por estreito e escuro poço de pedra, despencava rumo ao fundo recoberto de milhares de pequenos e afiados punhais, de cujas lâminas pontiagudas escorriam sangue, muito sangue.

Toda a tropa conhecia o caráter obcecado do coronel. A farda, mais que simples uniforme, entranhava-lhe a pele. Empertigado na pose, exigia aos gritos que os subalternos se dobrassem às suas mais extravagantes ordens, ainda que avessas à lógica e à ética. Recrutas cortavam a grama do jardim de sua casa; lavavam os carros, o dele e o da mulher; limpavam o quintal e o telhado; faziam compras no mercado, além de um sem-número de tarefas. Tinha os subalternos na conta de servos.

A conjuntura avivava o arrivismo militar. Todo oficial ambicionava se projetar além dos muros dos quartéis. Graças ao golpe de Estado de 1964, havia se rompido o limite entre as esferas civil e militar. Por que se confinar na caserna se havia tantos cargos a serem ocupados nas estruturas da administração pública? Por que se manter irredutível aos promissores acenos da iniciativa privada, interessada em exibir ao menos um militar entre diretores de bancos e empresas, qual salvo--conduto para assegurar isenção na prática de ilegalidades e desoneração tributária?

O coronel Luiz Fontoura, entretanto, ainda não conseguira dar o passo significativo para fora da caserna, exceto explorar, no interior do Amazonas, a modesta usina de extração de óleo de pau-rosa destinado à fabricação de perfumes. Ao ver companheiros de farda ansiosos por ocupar no governo funções tradicionalmente reservadas aos civis ou aceitarem suborno para facilitar trâmites da iniciativa privada, a princípio censurou-os, embora o espírito corporativo o mantivesse calado. Temia que a corrupção já tivesse se alastrado pelas fileiras militares além do imaginável e que, caso ousasse denunciá-la, entenderia melhor por que o peixe morre pela boca...

Honrava-lhe o atavismo ancestral. Filho e neto de militares gaúchos, crescera fascinado por armas, bandeiras, insígnias, e alimentava a arraigada convicção de que nascera para a guerra. Exibia, desde criança, postura marcial, e nenhuma outra efeméride o encantava tanto quanto os desfiles das tropas no dia 7 de setembro pelas avenidas de Porto Alegre. O avô, ao contar histórias dos Tiros de Guerra, mostrava-lhe, na *Revista dos Militares*, fotos de fuzis Mauser, metralhadoras Madsen e canhões Krupp. O pai, ao exaltar as façanhas dos mais notórios militares gaúchos, ressaltava que a vocação às armas motivara até mesmo civis que se destacaram como líderes militares e políticos, como Osvaldo Aranha, antigo integrante do Esquadrão de Cavalaria do Colégio Militar do Rio de Janeiro, ferido gravemente no combate de Seival, em Lavras do Sul; Getúlio Vargas, outrora aluno da Escola Preparatória e Tática do Rio Pardo e sargento de Infantaria; Flores da Cunha, elevado a general honorário do Exército.

Essa vocação endógena permitiu-lhe galgar com celeridade os degraus da hierarquia militar. Aspirava ao generalato, embora agora sentisse desatarem suas amarras castrenses. Os cadarços de seus coturnos se afrouxavam. A vida civil possuía encantos capazes de aliviá-lo do peso da inflexível rotina da caserna. E o pote de ouro estava ao alcance dos empreendedores.

Há meses nutria a esperança de Brasília aprovar o seu projeto. Ansiava por se tornar protagonista de uma epopeia: rasgar, de Sul a Norte, a imensidão da floresta amazônica, levar o progresso onde reina o cipoal de árvores, abrir estradas através da muralha vegetal, represar rios para produzir energia, explorar o subsolo rico em minerais preciosos.

Afinal, após meses de espera, o Ministério do Exército convocou-o à capital federal, onde foi recebido pelo ministro, o general Aurélio de Lira Tavares.

2

No centro da espaçosa sala ministerial, um grande mapa da Amazônia cobria a comprida mesa de jacarandá. As paredes exibiam fotos ampliadas do movimento das tropas que ocuparam as ruas do Brasil e as sedes das instituições republicanas na quarta-feira, 1º de abril de 1964: a cavalaria invadindo avenidas e reagindo a golpes de cassetetes às manifestações de civis contrários ao golpe militar; os tanques enfileirados na estrada que liga Minas Gerais ao Rio de Janeiro; a Polícia do Exército no cerco, em Brasília, aos prédios do Congresso Nacional e do Supremo Tribunal Federal.

Antes de estender a mão ao coronel, o ministro perfilou-se e respondeu-lhe à continência. Em seguida, apanhou sobre a mesa de trabalho uma longa vareta acastanhada encimada por pequeno globo de prata. Fontoura reparou-lhe a testa calva, o nariz adunco, o queixo proeminente. A expressão severa da fisionomia, os traços carrancudos, não condizia com o pseudônimo adotado pelo general ao publicar, no *Boletim do Exército*, seus versos desprovidos de valor literário — *Adelita*. O que não o impediu de, mais tarde, vestir o fardão de "imortal" e ocupar a Cadeira 20 da Academia Brasileira de Letras. O que a olhos e ouvidos desprevenidos poderia parecer ousado capricho feminista em um ambiente marcado pelo mais exacerbado machismo — e que, sem dúvida, suscitava comentários maldosos —, nada mais era do que a abreviação de seu nome, (A)urélio (de) (Li)ra (Ta)vares.

— Boa tarde — cumprimentou-o secamente o ministro ao lado de ordenanças, sem desgrudar os olhos do mapa.

— Coronel, seu projeto vem ao encontro das intenções do presidente Costa e Silva. Na Amazônia, o Brasil precisa dar um passo de gigante, tão grande quanto ela!

O general Costa e Silva, segundo militar a assumir o comando do Brasil desde a quartelada que derrubara do poder o presidente constitucionalmente eleito João Goulart, se destacava pela falta de inteligência e a reduzida cultura. Caracterizava-se ainda pela inépcia para o cargo, o que o tornava excessivamente vulnerável às pressões dos grupos econômicos interessados em transformar a Amazônia em mera fonte de lucros. À caneta com que assinava decretos de governo, preferia ter em mãos um copo de uísque.

Ao receber a boa notícia, um fluxo repentino de emoção se apoderou do visitante. Oscilou a cabeça para um lado e para o outro, na ânsia de melhor respirar, e levou a mão esquerda ao colarinho, como a aliviar o engasgo. Os lábios esboçaram um sorriso de satisfação, mas soube conter a descontração dos músculos da face. Preferiu ocultar sob a égide do dever o intenso prazer que lhe causara ouvir a alvíssara do ministro. Os olhos cintilaram e, com as pálpebras dilatadas, seu rosto ganhou expressão atônita. Fez menção de agradecer, manifestar o quanto se sentia honrado, no que foi impedido pela verve do general:

— Repare nessa imensidão de terras ociosas — observou Lira Tavares ao encostar a barriga na borda da mesa e comprimir o mapa com a ponta da vareta. — Temos aqui cinco milhões de quilômetros quadrados. É uma irresponsabilidade deixar tamanha área estratégica entregue à ociosidade dos índios, à cobiça de aventureiros e ao risco de ser ocupada por estrangeiros.

— É o que penso, general — balbuciou Fontoura, que teria assentido ainda que o ministro lhe ofendesse a mãe.

Os olhos verdes agitaram-se nas órbitas como se tomados por leve espasmo neurológico.

— Não pedi a sua opinião, coronel. Importam apenas o que pensam o presidente da República e o Estado-Maior das Forças Armadas. Vamos retalhar a Amazônia em rodovias, assim como a natureza já a recortou em rios e igarapés. A região não progride porque não produz, e não produz por não ter vias de transporte. Levaremos o progresso até lá. Haveremos de explorar suas riquezas naturais e implantar lucrativos projetos agropecuários.

— Permite uma pergunta, general?

— Pois não, coronel.

— Quais as prioridades viárias? — indagou ansioso por conhecer o nível de urgência merecido por seu projeto.

— Sua proposta veio se somar a outra aprovada pelo Conselho de Defesa Nacional. A sua é vertical, pretende unir o Sul ao Norte. A outra é horizontal, ligará o Leste ao Oeste. A BR-230 será também, como a que você propõe, uma rodovia transamazônica que interligará o litoral atlântico nordestino à nossa fronteira com o Peru — explicou o ministro ao simular, com a ponta da vareta, um longo risco sobre o mapa. — Na vertical, a BR-174 se estenderá de Manaus à fronteira com a Venezuela e, portanto, emancipará Boa Vista da dependência do transporte aéreo e da navegação precária por rios acidentados.

Um cabo, vestido como garçom da cintura para cima, porém mantendo na parte de baixo calça e coturnos militares, ingressou na sala espalmando uma bandeja de água e café. O ministro fez sinal ao coronel para se servir e tomar assento diante de sua mesa de trabalho. Os assessores permaneceram de pé.

— Coronel, o senhor será nomeado, nas próximas horas, para comandar a abertura da BR-174. Terá plenos poderes para rasgar a selva e provar que a ação humana, quando determinada, vence as agruras da natureza. Mas saiba que o governo tem pressa.

3

Ao deixar o prédio do ministério, Fontoura, gratificado, fitou o céu claro de Brasília e desejou saber orar para agradecer a Deus essa conquista. Seu agnosticismo, entretanto, o mantinha distante de confissões religiosas. E reforçava-lhe a postura na defesa da pátria, ora ameaçada pela subversão comunista, o que exigia das Forças Armadas atuar alheia aos métodos convencionais e, portanto, mandar os escrúpulos às favas e se resguardar de qualquer sentimento de culpa.

Seus olhos, afetados pelo clima seco da capital federal, pareciam ressecados. Enfim, haveria de abandonar o comando da repressão à guerrilha do Araguaia e se livrar de enfadonhos relatórios sobre movimentação de tropas, agentes dos órgãos de inteligência, serviços de intendência, logística e transporte aéreo. Já não teria mais que submeter seus ouvidos aos urros de prisioneiros dependurados no pau-de-arara, impelidos à dança macabra provocada pelos choques elétricos, nem suportar o cheiro de merda, urina e sangue impregnado nos galpões onde guerrilheiros e camponeses eram seviciados para revelar o que sabiam e não sabiam. E ainda desfrutaria a vantagem de somar ao soldo da caserna o de empreiteiro biônico responsável por rasgar a gigantesca floresta tropical.

Após pingar colírio, suas pupilas pareceram boiar num mar reluzente. Ganharam expressão de tigre saciado.

4

— Vencemos! Vencemos! — exaltou-se o coronel, no dia seguinte, caminhando em passos acelerados pelos corredores do Comando Militar da Amazônia, em Manaus. Brandia na mão direita o decreto de sua nomeação a superintendente da construção da BR-174. — Vamos retalhar a selva de estradas!

No salão de conferências do quartel, Fontoura expôs o projeto da rodovia a comandados, diretores do DER-AM e da Sudam, e representantes da Funai. Cabia ao governo promover a integração nacional mediante a ocupação dos diversos espaços vazios do território brasileiro. Em defesa da segurança nacional, a ordem e o progresso deveriam se estender por todos os rincões do país. E nenhuma região os exigia tanto quanto a Amazônia, quase uma terra de ninguém, fronteiriça com Bolívia, Peru, Colômbia, Venezuela, Guiana, Suriname e Guiana Francesa. Daquela vasta área de baixíssima densidade demográfica não resultava nenhuma contribuição significativa ao desenvolvimento da economia brasileira.

Segundo estudos da Escola Superior de Guerra, a extensão da Amazônia Legal abrangia cerca de sessenta por cento do território nacional, mas era ocupada somente por dez por cento da população do país. A segurança nacional precisava ser reforçada, já que a região oferecia abrigo natural a guerrilheiros e pistoleiros, traficantes e contrabandistas, além de não apresentar resistência a potenciais invasores interessados na apropriação de riquezas minerais e vegetais, e de espécies raras de animais. A vulnerabilidade se agravava pela presença inútil e incômoda de povos indígenas que, na opinião do coronel, não se consideravam população brasileira e, levados pela ignorância, seriam capazes de negociar a nascente de um rio ou centenas de seringueiras em troca de meia dúzia de facões ou panelas de alumínio.

— Vamos modernizar o Brasil, integrar para não entregar — explicou Fontoura com as pupilas dilatadas —, reforçar a defesa de nossas fronteiras e explorar os incalculáveis tesouros que a floresta esconde. A rodovia penetrará numa das últimas áreas virgens do mundo. Nos próximos anos, promoveremos um intenso deslocamento de produtores rurais do Sul para o Norte, e traremos para a Amazônia pelo menos quinhentos projetos agropecuários de grande porte. Onde predomina a vida selvagem, a Revolução levará a civilização.

Revolução — com este termo os militares se referiam ao golpe que suprimiu no Brasil as vias democráticas. Agiram convencidos de impedir o país de cair em mãos dos comunistas. Desde então, a sanha repressiva havia cassado mandatos eletivos e multiplicado perseguições, prisões, torturas, assassinatos, desaparecimentos e banimentos. Quem logrou escapar da caça às bruxas se viu obrigado a mergulhar na clandestinidade ou se exilar.

— Assim como a Revolução abrirá a Rodovia Transamazônica de Leste a Oeste do país — disse Fontoura —, a BR-174 ligará o Sul ao Norte, Manaus a Boa Vista, e se estenderá até a Venezuela, num percurso de mil e duzentos quilômetros. E, se Deus quiser, uma vez amansados, os índios que vivem no trajeto da estrada haverão de ser incorporados às obras, com a vantagem de trabalharem sem exigir salários.

Militares e civis ali presentes anotavam, atentos, a nova missão a ser cumprida, cientes de que ela implicaria botar abaixo milhares de árvores ao longo do trajeto, mudar o curso de igarapés, contaminar rios com os dejetos dos canteiros de obras, deslocar aldeias indígenas, construir pontes e lançar as bases de novos centros urbanos.

— A região deixará de ser uma terra ao deus-dará, hoje ocupada por silvícolas primitivos sem a menor noção das riquezas escondidas debaixo de suas malocas, como nióbio e cassiterita — prosseguiu o coronel com os olhos latejantes, como se ritmados pela ênfase de sua voz marcial.

5

A ditadura militar considerava de importância estratégica a abertura da BR-174. O extremo Norte do subcontinente sul-americano se encontrava ameaçado por conflitos armados. Venezuela e Guiana disputavam, havia séculos, a região de Essequibo, área de 130 mil km² (equivalente a dois terços do território guianense), rica em recursos naturais. A CIA operava por trás, interessada em derrubar o governo esquerdista do primeiro-ministro Forbes Burnham, que chegara ao poder na Guiana em 1964. Caso o conflito se agravasse, o Brasil deveria intervir para se consolidar como potência hegemônica regional. No entanto, a operação poderia ser prejudicada pela falta de rodovias, o que dificultaria a mobilização das forças terrestres.

Por sua vez, o tenente-coronel Hélio Campos, governador de Roraima, ansiava para que a estrada livrasse o território federal do isolamento, só acessível, então, por via aérea ou, com muita dificuldade, pela navegação dos rios Negro e Branco. E a ligação terrestre entre Manaus e Caracas permitiria escoar a produção agropecuária do extremo Norte do país para a área do Caribe.

Já o governador do Amazonas, Danilo Areosa, considerava a rodovia um meio de ocupar uma das regiões mais ricas do mundo em minério de ferro, recentemente descoberto por geólogos da siderúrgica U.S. Steel, e integrá-la ao desenvolvimento econômico do estado.

6

No início de 1968, o Exército instalou um posto avançado no igarapé Santo Antônio de Abomari, último braço do rio de mesmo nome. Transportados em barcos e sucessivos voos de helicópteros e aviões da FAB, máquinas e equipamentos foram ali remontados para dar início às obras de terraplenagem. Os responsáveis pela empreitada estavam cientes de que havia outro obstáculo no percurso, além de árvores, corredeiras, pântanos e montanhas: os temíveis Waimiri-Atroari. Para o governo militar, eles constituíam entrave à exploração do potencial mineral, agropecuário e hidrelétrico da região amazonense. Na reunião de planejamento estratégico, no Comando Militar da Amazônia, o major Paulo Cordeiro chegou a sugerir o massacre dos indígenas como solução do problema:

— Poderíamos resolver tudo com algumas bombas jogadas à noite sobre as malocas.

A sugestão não mereceu acolhida, o que não impediu de, dois meses depois, a Funai condecorá-lo com a Medalha do Mérito Indigenista na categoria *Pacificação*...

Fontoura tinha a informação de que os Waimiri-Atroari eram multidão. Quantos? Impossível precisar. Povo arredio, avesso a aproximações, não se podia avaliar o número exato. Na vasta região que habitavam davam mostras de onipresença. No início do século XX, etnólogos alemães calcularam em seis mil indivíduos. Portanto, impossível eliminar o obstáculo com gases letais, ou com Napalm, espalhados por avião fumigador.

Frente à proposta do major Cordeiro, Fontoura objetou que bombardear aldeias traria repercussões negativas ao governo, cuja imagem no exterior se desgastava cada vez mais devido a denúncias de torturas e assassinatos de quem se opunha à ditadura militar. O mais conveniente seria organizar uma expedição qualificada para contatar os Waimiri-Atroari, tentar pacificá-los e convencê-los a deslocarem suas malocas para longe da rota da BR-174. Afastá-los seria mais prudente do que eliminá-los.

Capítulo II

1

NA REUNIÃO DE REPRESENTANTES DOS ORGANISMOS ENVOLVIDOS NO projeto de abertura da BR-174, no auditório do quartel do Batalhão de Infantaria da Selva, em Manaus, Sebastião Pirineu, superintendente da Funai no Amazonas, se fez acompanhar pelo sertanista Vitorino Alcântara, que trazia em mãos uma pasta de couro de jacaré repleta de documentos e, no íntimo, uma forte sensação de insegurança. Estudioso dos povos amazônicos, cabia-lhe proferir detalhada exposição concernente à história dos Waimiri-Atroari. Mas ele nunca havia estado no território habitado por aqueles indígenas e, ao mesmo tempo, se sentia dividido entre suas concepções indigenistas e a política governamental em relação aos povos originários, que não coincidiam, e um tanto constrangido diante de um grupo seleto de autoridades, no qual predominavam militares. Como funcionário público federal, sabia que emitir qualquer crítica à Funai soaria como oposição à ditadura e, portanto, no mínimo perderia o emprego e passaria a figurar na lista de suspeitos de subversão e portadores de ideias comunistas.

Na opinião do coronel, era preciso conhecer melhor os Waimiri-Atroari para dominá-los mais rápido.

— Tanto mais facilmente se combate o inimigo quanto mais se conhece o seu modo de viver e de proceder — opinou Fontoura ao abrir a reunião.

Alcântara explicou aos convidados que os Waimiri-Atroari, que se autodenominam *Kinja* — palavra que significa "gente de verdade" —, pertencem ao ramo linguístico caribe. São também conhecidos como Alalaus, Crichanás, Jauapery, Tarumás, Caripunas, Wautemiri, Uaimiri-Atroari e Bonari.

— Cada missionário, cada pesquisador ou explorador, cada coletor ou agente do governo que ingressava nas terras dos Waimiri-Atroari se dava o direito de rebatizá-los — disse o antropólogo. — Os aventureiros do século XVI os apelidaram de Tarumás. O jesuíta Samuel Fritz, de Aruak; e, outros, de Arawoakys, Aruaquês ou Arauaks. Os missionários da Ordem das Mercês, atuantes na selva amazônica entre 1669 e 1768, os denominaram Arawakys. A partir do século XIX, autores falaram em Kirischanas, Quirixanas e Krichanás. Martius, em 1867, os denominou Aturais, Waeymar, Wuaiamares ou Uaimares. João Barbosa Rodrigues os rebatizou de Chichaná, e Ricardo Payer e Alípio Bandeira de Atruahy, donde Atroari. No início do século XX, ficaram conhecidos como os "índios do Jauapery". Depois, simplesmente Jauaperys, Jauamerys, Auamirys, Uamerys, Yamirys, Waimeris e, finalmente, Waimiri. O SPI e, em seguida, a Funai passaram a adotar o nome Waimiri-Atroari, um exônimo, como se fossem dois povos distintos. O equívoco ajudou a propagar a versão de suposto antagonismo entre os Atroari e os Waimiri.

Alcântara frisou que da mesma família fazem parte, no Brasil, os povos Mayongong, Makuxi, Wai-Wai, Hixkariana, Tiriyó, Galibi, Apalaí, Kuikuro e Bakairi. Provenientes do Caribe em época remota, os Waimiri-Atroari possuem idioma autônomo.

Ao apontar o mapa projetado em diapositivo na parede ao fundo, o sertanista observou:

— Outrora, suas fronteiras se estendiam do rio Mapuera, no Pará, aos rios Negro e Amazonas, e os limites ao Sul chegavam às bacias dos rios Urubu, Jatapu e Uatumã. Ao Leste e Norte se interligava com as terras de outros povos caribe, principalmente os Wai-Wai e os Makuxi. Pelo Oeste, descia o rio Branco até a sua foz no rio Negro e, por este, até Manaus.

Atrás do palestrante, uma barata escura, cascuda, que arrastava à cauda uma gosma ocre, brotou de uma fresta no rodapé da parede sob o olhar atento do coronel Fontoura, sentado na primeira fileira de poltronas do auditório. Indeciso, antenas prescrutantes, o inseto ovular deu-lhe a impressão de esquadrinhar o ambiente, talvez por se encontrar agora com os olhos impactados pelo brilho dos diapositivos.

O sertanista salientou que as gigantescas árvores garantem sombra a quem perambula pelas centenas de varadouros que tecem o sistema de comunicação terrestre do território indígena. Rica tanto em variedade quanto em quantidade, a região é farta em frutas e raízes alimentícias. Abriga sortida fauna, como tucanos com seus bicos grandes e colorida plumagem;

araras de variadas cores; jacamins de costas verdes; mutuns que se destacam pela elegância; patos selvagens; jacus com suas gravatas-borboletas rubras; japiins amarelos com casacas pretas; papagaios de cores vivas; uirapurus com seus cantos alvissareiros; e grande variedade de beija-flores, gaviões-reais, caturritas alviverdes e corujas de voos silenciosos. E várias espécies de primatas: o uacari-branco, o mais misterioso dos macacos, com seu rosto avermelhado e o corpo revestido do que se assemelha a um espesso e elegante sobretudo; o pequeno e ágil macaco-de-cheiro-de-cabeça-preta; os barbados guaribas; os robustos macacos-prego; o sagui-imperador, assim chamado por seu bigode parecido ao de Guilherme II, último imperador da Alemanha; o sauim-mãos-de-ouro, que outrora teria tocado o sol; entre outros. Ali proliferam onças, jacarés, pacas, cotias, antas, veados, jabutis, lagartos, cobras, lagartixas e calangos. Rios e igarapés são repletos de tartarugas e tracajás, acarás e aracus, filhotes e jaús, pacus e piraíras, pirarucus e piabas, surubins e piraíbas, poraquês e piranhas, tucunarés e tambaquis, jaraquis e matrinxãs, curimatãs e traíras, lambaris e peixes-boi.

— Desde quando se conhece a presença dos Waimiri na Amazônia? — perguntou o coronel, sem deixar de observar, com seus olhos brilhantes, a barata que, agora, se movia arisca e vagarosa, em zigue-zague, rumo aos pés do expositor.

— Os primeiros contatos ocorreram em 1663, na região do rio Urubu, onde se instalou uma missão religiosa. Os missionários foram mortos pelos índios em represália à tentativa de escravizá-los. Como retaliação, a tropa enviada pelo governador da Capitania do Maranhão, Rui Vaz de Siqueira, incendiou aldeias, matou setecentos indígenas e aprisionou outros quatrocentos. Nos duzentos anos seguintes, os Waimiri-Atroari interiorizaram ainda mais suas aldeias para dificultar tentativas de invasão. Ainda assim, os portugueses abriram pequenos povoados próximos aos rios Uatumã, Jatapu e Urubu, a fim de explorar as "drogas do sertão": cacau, baunilha, cravo e salsaparrilha.

Fontoura interrompeu-o:

— Isso explica por que são tão arredios ao contato com a civilização.

A barata cessara o avanço, talvez por temer o obstáculo à frente — os sapatos pretos do palestrante. Parecia pensativa, talvez recalculasse seus movimentos de modo a evitar ser esmagada pelas solas de couro.

— O colonizador português, capitão Pedro Favella, um dos mais famosos traficantes de escravos da Amazônia colonial — prosseguiu Alcântara —, dizimou milhares de indígenas no Baixo Urubu em 1669 e, assim, gravou no coração Waimiri-Atroari a aversão aos brancos. Os indígenas sobreviventes recuaram para as nascentes dos rios Urubu e Negro. E no Alto Negro, na década de 1720 a 1730, aliaram-se a outros povos para enfrentar as forças coloniais portuguesas. Reorganizaram-se sob a liderança de Ajuricaba, Majuri e outros chefes indígenas.

— Como o governo colonial reagiu? — indagou o coronel ao desviar seus olhos cintilantes da barata para fitar o sertanista.

— Declarou guerra aos índios. João Maia da Gama, governador do Grão-Pará, notificou ao rei de Portugal a decisão da "guerra justa" contra Ajuricaba, reconhecido, então, como "governador de todas as nações". O objetivo era combater os índios que resistiam ao poder colonial e impediam os portugueses de acesso à passagem das cachoeiras do rio Negro para exercer atividades extrativas. Segundo a notificação, "o castigo aos Mayapenas abrirá caminho para as tropas de Vossa Majestade resgatarem muitos cativos e os missionários salvarem milhares de almas". Calcula-se que foram mortos mais de vinte mil índios.

Alcântara expôs ainda que tanto as missões quanto as investidas das expedições destinadas a capturar a força de trabalho indígena visavam à sua escravização e se enquadravam na estratégia geral de se opor à autonomia dos povos nativos. Era convicção unânime que erradicá-los livraria o país, as missões e os súditos do rei da ameaça de "antropófagos" e da "imoral poligamia". Os vassalos do reino se multiplicariam, tanto pelo aumento dos colonos na região, quanto pelo número de crianças indígenas poupadas do massacre, em cuja mudança de mentalidade, pela educação missionária, o Estado depositava esperança. Assim, eles deixariam "de se comerem uns aos outros" e de praticarem o incesto...

— Não privo de razão esse Maia da Gama — comentou o coronel ao descruzar a perna direita apoiada na esquerda e apoiar a esquerda sobre a direita.

Agora a barata parecia atraída pelos pés do palestrante. Avançava relutante dois ou três centímetros, parava indecisa, voltava a se movimentar, como se buscasse se abrigar à sombra da sola dos sapatos que se moviam um pouco para a frente, um pouco para trás, ora um passo à direita, ora outro à esquerda, como a desnortear o inseto.

— Capturado em 1725 — continuou Alcântara —, Ajuricaba, o "governador de todas as nações dos rios Negro e Urubu", ao ser levado para Belém, rumo ao cativeiro, se jogou nas águas do rio Negro, e afogou consigo as informações cobiçadas pelos colonizadores. Maia da Gama, ao comunicar ao rei a sua morte, frisou: "Pondo de parte o sentimento da perdição da sua alma, nos fez muita mercê por nos livrar do cuidado de o guardar."

— Por que este Ajuricaba tinha tanto prestígio? — indagou Fontoura, atento à dança dos pés do palestrante com a barata.

— Era filho do cacique Huiuebene, do povo Manaó, cuja tribo dominava a margem esquerda do Médio Rio Negro. Os colonizadores portugueses conseguiram convencer Huiuebene de, em troca de machados, facas e tecidos, entregar-lhes os índios prisioneiros de guerras tribais. Centenas foram embarcados em navios para trabalhar como escravos em outras terras. Ajuricaba não se conformou. Rompeu com o pai e se internou na floresta com a família, longe da aldeia. Seu pai continuou a negociar com os portugueses. Repassava a eles ouro, madeira, animais e índios capturados pelos Manaó. Isso semeou discórdia na aldeia. Vários índios abraçaram o partido de Ajuricaba, queriam viver como seus antepassados, sem negócios com os brancos. Mas num desacerto comercial com os traficantes de escravos Huiuebene foi assassinado. Então, Ajuricaba retornou para reunificar a tribo. Mandou afiar as flechas e preparar zarabatanas, azagaias e tacapes. E durante cinco anos os guerreiros Manaó combateram os portugueses. Usaram sobretudo táticas de guerrilha e, assim, surpreenderam os invasores com escaramuças e emboscadas. Até Ajuricaba ser capturado.

O sertanista frisou que o governo colonial, contudo, não se deu por derrotado. Dois anos depois, em dezembro de 1727, suas tropas voltaram a subir o rio Negro e semear morte e destruição entre os indígenas, então comandados por Majuri e, mais uma vez, apoiados por diversos outros povos originários. O governo português disseminou uma ideologia impregnada de preconceitos e etnocentrismo para justificar, junto à sociedade branca e, sobretudo, perante a consciência cristã, os empreendimentos bélicos, ou seja, as denominadas "guerras justas" para a destruição de etnias que resistiam ao projeto de ocupação.

Ao consultar seus papéis, o palestrante reduziu o movimento do corpo e, assim, a barata avançou mais alguns centímetros na direção dos sapatos, como que atraída pelo cheiro das solas.

O agente da Funai contou ainda que, no século XIX, aldeias inteiras foram dizimadas por expedições oficiais do governo ou matadores profissionais. A população indígena era tida como empecilho à livre exploração das riquezas naturais. A partir de 1850, as malocas dos Waimiri-Atroari sofreram redução; primeiro, ao longo dos rios Negro, Jauaperi, Baixo Uatumã e Urubu, como consequência da perseguição movida pelo governo e pelos extrativistas. Desde então, os *Kinja* viram seus territórios invadidos todos os anos, suas roças e malocas depredadas, e os massacres de seus entes queridos inscreverem-se na rotina anual. Muitos, capturados, foram vendidos e escravizados em obras públicas da Província do Amazonas, sobretudo em Manaus. Outros, doados a famílias ricas da capital amazonense, forçados ao trabalho escravo.

Ao dar um passo repentino para trás, o expositor quase pisou na barata que, esperta, avançou célere para a frente e se abrigou na sombra debaixo da mesa para escapar do risco de ser esmagada. O coronel supôs que ela caminharia rumo ao auditório. Mas, após cessar seus movimentos, o que fez o observador interpretar como indecisão, o inseto deu meia-volta e rastejou na direção dos pés do palestrante.

— Francisco José Furtado, por duas vezes presidente da Província do Amazonas — narrou Alcântara —, em 1858 registrou detalhes importantes a respeito do tratamento dispensado aos indígenas: "Força é, senhores, confessar uma triste e pungente verdade. A história dos índios é o opróbrio da nossa civilização. Apesar de tantas leis proclamando a sua liberdade e proscrevendo a escravidão deles, esta subsiste quase de fato."

Embora discordasse do governador Furtado, o coronel Fontoura se manteve calado. Apreensivo, acompanhava a barata se mover debaixo do expositor que dava curtos passos enquanto falava e quase pisava no inseto que, hesitante, movia suas perninhas estriadas para um lado e outro, como a desafiar o parceiro em uma dança arriscada.

— De 1862 a 1872, relatórios de João Pedro Dias Vieira, presidente da Província do Amazonas, registram dezesseis escaramuças entre brancos e índios na região — prosseguiu o antropólogo. — O major Manoel Ribeiro Vasconcellos recebeu ordens de retirar a tribo das proximidades das vilas de Moura e Velho Airão. Após três dias de marcha, o militar encontrou um índio que, ao avistar a soldadesca, correu para alertar a aldeia. Ao se dar conta de que suas malocas seriam invadidas, os índios se prepararam para se defender. Contudo, os tiros das armas dos militares falaram mais alto que o silvar das flechas. A fuzilaria reboou pela floresta. Ao ver muitos tombarem mortos, os Waimiri-Atroari, aos gritos de vingança e dor, retiraram suas famílias das malocas e se refugiaram na mata. Os militares invadiram a aldeia. Após saquearem tudo, atearam fogo e queimaram vivos uma idosa e uma criança que não tiveram forças para escapar. Ao abandonar a área, as tropas levaram as canoas indígenas. No rio Jauaperi, Vasconcellos ergueu um quartel e escalou dez praças encarregados de proteger os coletores de castanhas e impedir os nativos de navegarem ali.

Agora o inseto retrocedeu, célere, rumo ao rodapé. Deu a impressão de haver capitulado e querer retornar ao estreito buraco na junção da parede com o chão da sala, de onde havia saído. Mas, de repente, cessou seu movimento, como se reconsiderasse sua decisão.

O sertanista acrescentou que, em outubro de 1874, o tenente Oliveira Horta encurralou os Waimiri-Atroari, próximo de Vila de Moura, e matou mais de duzentos. Nove foram retalhados a machado e três levados como troféus. No dia seguinte, os soldados retornaram ao local e encontraram vinte e três indígenas feridos escondidos entre as folhagens das árvores. Eufóricos, "como caçadores entusiasmados ante um bando de guaribas", abateram todos em meio a gargalhadas.

O coronel parecia mais interessado nos movimentos do inseto que nas palavras do expositor. Seus olhos claros cintilavam como se ritmados pelas vibrações circulares das antenas da barata. Como estrategista, tentava adivinhar que rumo ela tomaria.

— Em agosto de 1877, o português José Gonçalves de Faria e seus acompanhantes viram um Crichaná (como então eram chamados os *Kinja*) sentado na popa da canoa que haviam atracado no ancoradouro da praia do Jacaré, no rio Negro. Por imaginar que o índio quisesse se apoderar da embarcação, Faria atirou contra ele. Errou, e o alvo se jogou na água para se esconder atrás do casco. Os portugueses subiram na canoa e dali, a cacetadas e facadas, assassinaram o índio.

Em janeiro de 1879, ao se aproximarem de Vila de Moura, os *Kinja* foram recebidos a bala. Assustados, se refugiaram em uma ilha próxima. Saquearam a vila e fugiram. Como vingança, dias depois chegou a Moura uma tropa de artilharia comandada pelo general João do Rego Barros Falcão com duas embarcações de combate. Os soldados saíram no encalço deles. Em um lago, metralharam onze ubás e os indígenas que tentaram fugir a nado.

A barata deu meia-volta e, de costas para a parede, se dirigiu, em movimentos bêbados, desalinhados, ao espaço em que o palestrante se movia.

Alcântara frisou que, em 1880, com o ciclo da borracha em alta na Amazônia, seringueiros e comerciantes invadiram o território *Kinja* em busca de látex. E só por volta de 1884 ocorreu o primeiro contato amistoso, por intermédio do botânico João Barbosa Rodrigues, diretor do Jardim Botânico do Amazonas. Em seu informe, resumiu o caráter das relações que com eles mantinha a sociedade branca: "A guerra de morte de que os indígenas foram até hoje vítimas, a bala que sempre os afugentou do contato da civilização e abriu-lhes cicatrizes no corpo os tornaram ferozes, terríveis e intratáveis. Ainda depois de, pela primeira vez, chegarem-se aos brancos, foram, como vimos, a 7 de março de 1884, espingardeados. Como não querer vingança?"

Seguiram-se poucos anos de relativa calma. Mas em 1889, o tenente Horta retornou ao comando do Destacamento Policial de Vila de Moura. A bordo de uma lancha de guerra, voltou ao rio Jauaperi e no local conhecido como Maracacá dizimou mais de uma centena de Waimiri-Atroari.

— Quando começaram a demarcar as terras deles? — perguntou o coronel, intrigado ao observar o inseto paralisado mover, de modo perscrutador, suas afiadas antenas.

— Lei de 1917 criou a primeira reserva para os Waimiri-Atroari. O artigo quinto destinava-lhes as terras da margem direita do rio Jauaperi. Contudo, poucos anos depois o governador do Amazonas, desembargador Rego Monteiro, revogou a lei para que as terras fossem apropriadas por seu sobrinho, Simplício Coelho Rezende Rubin. A partir daquela data, os índios recuaram suas malocas. Quem entrasse na área era morto. Em 1926, ao se defender de uma invasão, emboscaram uma equipe da empresa Pontes & Cunha, exportadora de castanha. Entre os mortos, José Cândido Pontes, um dos donos da empresa. Por se encontrar à frente do SPI, o marechal Cândido Rondon, que defendia a intangibilidade dos índios, não houve represália oficial ao ataque. A vingança ficaria a cargo do sócio de Pontes, Edgar Lima. Inconformado com a falta de ação punitiva do governo, acusou o chefe do posto local do SPI, Luís José da Silva, de proteger os Waimiri-Atroari. Ao desembarcar no posto, acompanhado da esposa e de quatro crianças indígenas que o casal adotara, Silva teve seu barco atacado por trinta homens, sob o comando de Lima. Destruíram o posto, roubaram equipamentos, seviciaram Silva na frente da mulher e dos filhos. Morreu poucos dias depois, a caminho de Manaus, onde pretendia buscar socorro e denunciar a violência. Lima nunca sofreu punição. Assegurou-lhe imunidade o fato de ser irmão de criação de Álvaro Maia, nomeado interventor federal no Amazonas pelo presidente Getúlio Vargas.

 A barata voltou a se deslocar até se aproximar da cadeira na qual Alcântara pousara a pasta de couro.

 — Contudo — observou o sertanista — o *crack* da Bolsa de Nova York fez com que as exportações de castanha caíssem a zero. Assim, ao longo de muitos anos, as terras dos Waimiri-Atroari sofreram menos invasões e eles voltaram a ter total controle de seus domínios, inclusive acolhiam, de forma amigável, caçadores e pescadores que se aventuravam em seu território.

— Acha que essa gente é feliz, vivendo assim em estado selvagem? — indagou Fontoura, e logo transferiu o olhar para o inseto que, de antenas vibrantes, escalava cauteloso a perna da cadeira encaixada sob a mesa do palestrante.

— Pelo que estou informado — disse Alcântara —, é uma tribo festeira. Entre as festas, se destaca a das crianças, a *bahiña-maryba*. Os *eremy*, "cantores", e xamãs abençoam as que já aprenderam a falar para que se tornem adultos virtuosos, bons horticultores, exímios pescadores, caçadores, coletores e guerreiros. Cada aldeia tem dois ou três *eremy*. Cuidam de fitoterapia, remédios, trato dos doentes, acompanham os partos e decidem o nome de quem nasce. Sua vocação é revelada pelos sonhos. E devem aprender todos os cantos *Kinja*. São eles que dirigem os *marba*, "rituais", fazem as defumações em caso de mortes e invocam a proteção das entidades. A tradição, transmitida via oral, se enriquece de fatos, crenças, lendas e mitos. Para isso, treina-se a memória desde a infância, e as crianças são educadas no respeito às orientações dos mais velhos. Em período de abundância de comida e bebida, a maloca promotora da festa recebe as comunidades vizinhas, os *paxiras*. Durante vários dias de *maryba*, os visitantes simulam hostilidade em relação aos anfitriões. Cantam e dançam pintados para a guerra e exibem seus arcos e flechas. Torram-se garras e bicos de gaviões-reais, misturados ao barro *karaweri*, para fazer pinturas corporais. Na ocasião, acertam-se os casamentos entre os solteiros de várias comunidades. O matrimônio só se consolida após o nascimento da primeira criança. A coabitação de um casal com vida sexual ativa não significa vínculo matrimonial, e a relação pode mudar enquanto a mulher não der à luz.

— Aliás, fale da vida sexual na tribo — pediu Fontoura. "E como seria a vida sexual das baratas?", cogitou em sua mente.

— Eles não têm estruturas rígidas, imutáveis. Praticam a endogamia. É comum que, após o casamento, o casal passe a viver na casa da mulher. E permitem às mulheres casadas terem relações sexuais com os visitantes que, nas festas, chegam de outras aldeias. O clima de excitação propicia a "fuga" temporária de casais para as roças, ainda que um dos parceiros ou os dois estejam casados e se afastem sem constrangimento do respectivo cônjuge. Viúvos e solteiros de ambos os sexos têm ali oportunidade de encontrar com quem se casar. E os novos laços afetivos estreitam também vínculos políticos. Essa liberalidade favorece o entrosamento entre aldeias e cria novos vínculos de parentesco entre os índios. Assim se fortalece a aliança entre as comunidades. Os Waimiri-Atroari acreditam na paternidade biológica múltipla. Os filhos gerados por uma mulher durante o *maryba* podem ter dois ou mais pais biológicos. Há inclusive trato carinhoso entre pessoas do mesmo sexo. Os homens se afagam e com frequência, ao conversar animadamente, ficam de mãos dadas ou abraçados.

Faltavam três ou quatro centímetros para a barata, em sua escalada, chegar ao assento da cadeira e, quem sabe, se enfiar na pasta de couro, cuja boca estava aberta. Súbito, volteou decidida pelo caminho de retorno.

— Isso aí não me parece coisa de macho — comentou o coronel, arrancando risadas de seus parceiros de auditório.

O que Alcântara não sabia é que, apesar do grande sofrimento e da morte de centenas de parentes, e das imagens jamais olvidadas de dor e violência que marcam a infância de todo Waimiri-Atroari, o peso do passado não lhes trazia depressões ou frustrações. Se desconfiavam do branco era devido à experiência amarga de décadas de agressões. Dotados de índole pacífica, revidavam aos ataques movidos pelo instinto de autodefesa.

Embora houvesse quem considerasse os Waimiri-Atroari rudes e assassinos, na verdade primavam pela hospitalidade. Ao chegar um visitante, ficavam à sua disposição, ofereciam-lhe acolhida e alimentos. Mostravam-se interessados e gostavam de conversar. Na ocasião das grandes festas, geralmente no período da seca, entre julho e dezembro, se preparavam para receber os visitantes com exuberante alegria, bebida e comida abundantes, belos enfeites e música. Contudo, as sucessivas agressões sofridas ao longo do tempo os obrigavam a se resguardar perante a curiosidade dos *kaminja*, "a gente de fora", até mesmo dos funcionários da Funai.

A barata, agora de volta ao chão, se abrigou sob a cadeira, como se a sombra do assento lhe oferecesse refúgio.

— Os Waimiri dividem por gêneros as tarefas e, aos primeiros raios de sol, saem para a caça — disse Alcântara.

— Regressam por volta de sete da manhã, comem alguma coisa e se dirigem em seguida aos trabalhos de roça. À tarde, seguem o ritmo de sua tradição. Reúnem-se para confeccionar objetos de uso diário, como arcos, flechas, cestas, redes, peneiras, tipitis, pilão, *jamaxis*, panelas de barro, bancos, remos... Na estação das chuvas, de dezembro a junho, a água represada dos igapós perde sua coloração escura e, revigorada, transborda de seus limites. Os índios tornam-se mais sedentários e plantam roças de macaxeira, milho, pupunha, cana-de-açúcar, batata-doce, tucumã, pimenta, cará e banana. Na estiagem, com os cardumes concentrados nos rios e os animais em busca de água, se dedicam a pescar e caçar. Percorrem os rios à procura de ovos de tartaruga. É o período da fartura e dos *maryba*. E também de conflitos com quem invade seu território para recolher castanhas, sangrar seringueiras, garimpar, pescar ou caçar onças e jacarés.

— Você já visitou a aldeia deles? — perguntou Fontoura.

— Não, nunca estive lá. Tudo que sei é por leituras e depoimentos de quem esteve com eles.

Alcântara deixou de salientar que os Waimiri-Atroari mantêm forte empatia com a natureza, nem informou que, no trabalho, cada indígena determina livremente a sua tarefa que, assumida com entusiasmo, fortalece a união. Os frutos, como os da caça e pesca, são todos compartilhados. Trabalha-se em mutirão para viver bem, não para acumular. A segurança reside na distribuição equitativa. As ferramentas e outros utensílios ficam todos a serviço da comunidade. Ninguém precisa pedir licença para usá-los. Além dos frutos cultivados em seus roçados, como abacaxi, limão, mamão, goiaba e jaca, coletam grande variedade de frutas, como abiu, pequiá, araçá-branco, ananás, bacaba, cajá, jenipapo, cumaru, castanha, cacaurana, caramuri, ingá, uxi coroa, sapucaia, pitomba, patauá, puruí, tucumã, bacabinha, buriti e bacuri.

Finda a exposição, o sertanista guardou seus papéis na pasta e caminhou na direção do representante da Funai. Sem se dar conta, pisou na barata que, num impulso suicida, correra rumo à sombra da sola de seu sapato.

Aliviado, o coronel, única testemunha do esmagamento do inseto, se levantou para cumprimentar o palestrante e se despedir de seus convidados.

Capítulo III

1

FONTOURA IGNORAVA QUE O MAJOR PAULO CORDEIRO, COMANDANTE do Centro de Instrução de Guerra na Selva, acalentava outros planos para a região amazônica. Enviado pelo SNI aos Estados Unidos em 1966, Cordeiro cursou contrainsurgência anticomunista na Escola das Américas, em Columbus, na Geórgia.

Desde os tempos de aluno da Academia Militar das Agulhas Negras, Cordeiro se destacava pelo temperamento agressivo, audaz, belicoso. Ingressara nas Forças Armadas movido pelo prazer mórbido de impor suas insígnias aos civis e ter livre acesso a armamentos. Tipo truculento, gabava-se do corpo avantajado, musculoso, e não poucas vezes furava a fila na padaria e na agência bancária, e ainda desafiava à briga quem protestasse. Nutria admiração pelo general Custer, que no século XIX comandou o extermínio de povos indígenas nos Estados Unidos, e não escondia sua ambição de riqueza.

Um de seus instrutores no Forte Benning, o coronel inglês Alisson Thompson, trazia um currículo de controvertida trajetória e costumava passar longos períodos do ano na Amazônia. Trocara a Inglaterra pelos Estados Unidos, o exército pela espionagem, e atuara na África como contrabandista de armas, indiferente aos polos em conflito. Aprazia-se em repetir estar convencido de que o mundo abriga duas categorias de pessoas: os nascidos no hemisfério Norte, predestinados a mandar, e os nascidos no hemisfério Sul, condenados a obedecer. E que esse antagonismo ontológico e geográfico se manifesta na tonalidade epidérmica — brancos os de cima, escurecidos os de baixo —, e no direito de a industriosa manufatura da esfera civilizada se abastecer das matérias-primas e do trabalho da esfera ignara.

Em Columbus, Thompson convidou o major Cordeiro à sua casa, onde lhe apresentou o pastor estadunidense Claude Gibson, dirigente da Missão Evangelizadora dos Povos da Amazônia, mais conhecida pela sigla Mepa. Gibson e Thompson acalentavam os mesmos projetos de exploração mineral da imensa floresta tropical e, havia anos, adotavam a estratégia de alcançar as riquezas da região graças à submissão religiosa dos indígenas. O irmão do pastor, Louis Gibson, alto oficial do Pentágono, monitorava o sistema de controle de satélites dos Estados Unidos. E passara-lhe a informação de que o subsolo amazônico detinha incalculáveis riquezas minerais, já detectadas, desde a década de 1940, pela funesta expedição do tenente Walter Williamson que, embora trucidado pelos indígenas, deixara registros de inestimável valor.

— Quando o tenente Williamson andou pela Amazônia? — indagou Cordeiro ao pastor Gibson.

— Em setembro e outubro de 1944.

2

Alto e gorducho, Williamson trazia uma cicatriz que descia do supercílio esquerdo ao queixo, adquirida quando seu país invadiu a Nicarágua e, durante um combate, ele se feriu ao cair sobre a lâmina de sua baioneta. Ao se expressar em "portunhol", mescla de espanhol e português, com o forte sotaque de quem parece rolar uma bola de pingue-pongue entre as arcadas dentárias, o sinal do ferimento repuxava-lhe o canto esquerdo da boca e causava a impressão de um sorriso sinistro.

— Em que podemos ajudá-lo, tenente? — indagou Alberto Pizarro Jatobá, chefe do SPI na capital amazonense, homem de aparência bizarra que jamais dispensava seu impecável terno de linho branco e a gravatinha-borboleta vermelha, como se o adereço lhe imprimisse mais autoridade.

— Quiero llegar a la Cachoeira Criminosa, no rio Alalaú — disse o militar estadunidense —, para hacer prospecções minerales e instalar pontos de observación astronômica que favoreçam o tráfego aéreo.

— Sim, conheço o acordo firmado entre os governos de seu país e do Brasil. Mas o senhor deve estar ciente de que a região entre os rios Jauaperi e Alalaú, onde se situa a cachoeira, é povoada por índios arredios. E devido a tantas invasões em seu território, podem reagir com agressividade à presença de estranhos. E saiba que nesta época do ano o rio Alalaú se encontra escasso de água, o que dificulta a navegação.

— Voy assim mesmo, doutor. Yo e o sargento Baitz somos exploradores experientes. Pero como la región es desconocida

para mi, quedaria agradecido se o SPI puede liberar dos ou três guias e una barcaza para transportar los equipamentos.
— Vou lhe dar um conselho, tenente. Vá com muita cautela e procure ter contato amistoso com os selvagens. Não entre nesta área conhecida como Repartimento dos Índios.
— Apontou Jatobá no mapa. — Recomendo-lhe levar brindes para distribuir a eles, como facões, tesouras e machados.
— Si, doutor. Tendré en cuenta tus consejos.

Williamson levou apenas pacotes de cigarros... Quatro dias após a partida, a expedição retornou a Manaus devido à pane no motor da embarcação. Os funcionários do SPI, designados para acompanhar o tenente, se recusaram a reembarcar, convencidos de que o militar não demonstrava a menor disposição de dar-lhes ouvidos e que, sem dúvida, abordaria os Waimiri-Atroari com atitude hostil.

Jatobá sugeriu ao militar que, em Vila de Moura, porta de entrada da selva, contratasse quem poderia lhe servir de guia. Haveria de encontrar mateiros que, nascidos e crescidos na região, conheciam a floresta amazônica como se fosse o quintal de suas casas. De fato, ali o mascate Raul Vilhena indicou-lhe o cozinheiro Renato Araújo e três mateiros — Raimundo Felipe, Eônio Lemos e Isaías Ovídio — que bem conheciam a selva e as regiões dos rios Jauaperi e Alalaú.

A expedição partiu de Vila de Moura no final de setembro. Em meados de outubro, apreensivo por falta de notícias, Vilhena apelou ao SPI para enviar socorro aéreo a fim de localizar Williamson e seus companheiros. E, por sua própria conta, o comerciante despachou, rumo ao rio Alalaú, uma equipe de homens familiarizados com a floresta.

Ao receber em Manaus o apelo de socorro aéreo, o SPI contatou o consulado dos Estados Unidos. Álvaro Maia, interventor do estado do Amazonas, convocou a chefia do SPI e o cônsul para reunião em palácio, quando se decidiu enviar uma equipe de busca e salvamento integrada por oficiais e soldados do Exército, acrescida da presença do capitão Johan Dubois, do exército dos Estados Unidos, indicado pelo consulado. Maia frisou que a missão de resgate não deveria ter nenhum caráter punitivo aos indígenas.

Na última semana de outubro, uma aeronave de bandeira estadunidense partiu de Manaus rumo a Vila de Moura. A bordo, Jatobá; mister Walter Toomey, cônsul dos Estados Unidos; e o capitão Dubois. Ao aterrissar, a comitiva encontrou em Moura o mateiro Raimundo Felipe, único sobrevivente da expedição liderada pelo tenente Williamson. Após treze dias de caminhada pela mata no intuito de chegar a Moura, Vilhena o resgatou em seu barco na foz do Alalaú.

Magro, pálido e com nítidos ferimentos causados por espinhos, formigas e picadas de insetos, o mateiro narrou, assustado, o que ocorreu a partir da primeira semana de outubro:

— Aportamos o batelão em Barreira Branca, no rio Jauaperi. Na manhã seguinte, seguimos viagem rumo ao Alalaú e dormimos numa ilha. Ao amanhecer, navegamos pelo Alalaú até a Cachoeira dos Índios. Nos dois dias que ficamos ali, o tenente William fez funcionar seus instrumentos de observação astronômica e procurou minerais preciosos. Em seguida, chegamos ao Pedral das Palmeiras. Ali o tenente tornou a fazer observação astronômica e pesquisas de subsolo. Logo, atingimos a Cachoeira Criminosa. Atracamos o batelão e seguimos viagem na lancha motorizada, rumo às cabeceiras do Alalaú. Navegamos uns três quilômetros até alcançar o topo da cachoeira. Lá, vimos dez índias. Com muitos gestos, nos convidavam a aproximar. O tenente estranhou não estarem nuas. Comentou que, por não cair neve no Brasil, imaginava que todos os índios da Amazônia andassem nus. As mulheres vestiam tanga abaixo do umbigo. Expliquei que ela é feita com caroços de bacaba prendidos na cintura por um cordão de fibra de tucum. "Vamos até lá", disse William atraído pelo convite. Insisti que não cometesse essa besteira. A gente podia cair numa cilada. Ele me ouviu. Acampamos acima da cachoeira e, no dia seguinte, navegamos hora e meia pelo igarapé Repartimento dos Índios, onde fica o limite do campo de caça dos Waimiri.

— Vocês entraram no Repartimento dos Índios? — perguntou Jatobá com tamanha indignação que a gravatinha-borboleta oscilou para cima e para baixo de seu pomo de adão.

— Entramos, doutor. Eu sabia do perigo, mas o tenente desta vez não me deu ouvidos.

— Não deu ouvidos foi a mim, que o alertei enfaticamente em Manaus para não navegar naquele igarapé!

— Depois que retornamos — prosseguiu Raimundo Felipe, que parecia tiritar de febre naquele ambiente úmido e quente, o que levantou a suspeita de que tivesse contraído malária —, fomos dormir na Ilha do Rio Preto, onde o tenente fez mais observações do céu e pesquisas de solo. Na manhã seguinte, voltamos à Cachoeira Criminosa. De novo, vimos as mulheres, agora acompanhadas por quatro homens e algumas crianças. Acenaram para a gente se aproximar. Eônio e eu insistimos com o tenente para não parar e seguir viagem. Mas ele nos chamou de medrosos e deu ordens a Isaías, o timoneiro, para aproximar a embarcação do local onde se encontravam os índios. Isaías se recusou a obedecer. Nem sequer respondeu. O tenente deu-lhe um safanão, afastou-o do timão, assumiu o comando, aproou a embarcação na margem direita do Alalaú e caçoou de nós. Disse que brasileiro é covarde, tem medo de índio! Falou que ia tirar fotos com os índios e mandar pros Estados Unidos.

— *My God!* — exclamou o cônsul ao arregalar os olhos por trás de seus óculos de aros arredondados e coçar, com a mão direita, os poucos cabelos que lhe restavam na cabeça.

— Quando a lancha encostou, nenhum de nós três quis desembarcar. O sargento Baitz, desconfiado, manteve um pé em terra e outro na lancha. Ao se aproximar dos índios, o tenente ofereceu a eles cigarros e ele mesmo acendeu com seu isqueiro. Começaram a fumar, enquanto ele preparava a máquina de fotografia. Insisti que não tirasse fotos. Sei que os Waimiri não gostam. Ao se apoiar numa pedra em busca de melhor posição para tirar as fotos, o tenente recebeu duas flechadas no peito. Logo se jogou no rio e arrancou as flechas. Eu e o sargento mergulhamos atrás. De dentro d'água fiquei observando o que acontecia com os outros. O sargento sumiu. Não sei se sabia nadar. Eônio e Isaías tentaram se esconder sob o casco da lancha. Vi quando os índios flecharam os dois. O cozinheiro Renato veio pra fora ver o que se passava e uma flecha varou a sua garganta. Em seguida, os índios subiram na lancha, ligaram o motor e vieram atrás de nós. Mesmo ferido, o tenente nadava muito bem. Uma flechada raspou em minha cabeça e, então, passei a nadar submerso até me esconder atrás de uma pedra. Ainda avistei William dar largas braçadas, favorecido pela correnteza. De repente, uma flecha atingiu sua nuca e ele desapareceu num remanso da Cachoeira Criminosa.

3

Em encontro na casa do coronel Thompson, em Columbus, o major Cordeiro admitiu que o Brasil jamais manifestara interesse em explorar o potencial de riquezas da Amazônia, nem possuía tecnologia para tanto.

O pastor Gibson ponderou:

— Antes que aquela imensa área tropical venha a cair em mãos de comunistas, como o governo de Forbes Burnham, na Guiana, que pode querer atuar como ponta de lança de Moscou ou Pequim, o "destino manifesto" e a Doutrina Monroe impõem aos Estados Unidos o dever de se antecipar e, progressivamente, ocupar a Amazônia.

— E como pensam explorar o subsolo amazônico? Apropriando-se da região? — indagou Cordeiro, que, após meses na Escola das Américas, se convencera de que o que é bom para os Estados Unidos é bom para o Brasil.

— O Brasil sempre foi um fiel aliado da Casa Branca — disse o coronel Thompson ao puxar a caderneta de anotações de um dos bolsos de sua jaqueta militar —, e certamente o governo americano não pensa em se apoderar da Amazônia. O objetivo é explorar os grandes depósitos de minério de ferro, manganês, estanho, bauxita, carvão, columbita, zirconita, cassiterita, tântalo, zircônio, nióbio, ítrio, criolita, ouro e diamantes. Tudo isso já foi detectado pelos levantamentos aerofotogramétricos feitos recentemente pela USAF — concluiu ao fechar a caderneta e devolvê-la ao bolso.

O pastor Gibson soltou um discreto arroto, pousou a garrafa de Coca-Cola na mesinha que ocupava o centro da sala e interveio:

— Na Amazônia as fontes de águas brotam por toda parte. Águas minerais, águas que abastecem aldeias, águas que abrem igarapés, águas que originam rios, águas que caem em cachoeiras, águas que se espraiam por imensas várzeas e formam corredeiras.

— Chega, Gibson! — disse Thompson. — Se continuar, vamos nos afogar...

— Vocês conhecem melhor a floresta amazônica do que eu, que sou brasileiro — observou o major. — Suponho que nela haja também muita madeira preciosa.

— Ali são encontrados — frisou Gibson — cedro, mogno, maçaranduba, andiroba, angelim, cupiúba, louro e sucupira. Tudo de ótimo preço no mercado internacional. E a floresta guarda enorme manancial bioquímico, farmacológico e genético.

— A região é um empório de matérias-primas — disse Thompson. — Mas hoje em dia a extração mineral se limita à exploração de cassiterita em Rondônia; ouro no Amapá e Pará; diamantes na bacia dos rios Araguaia e Tocantins, e também em Roraima. E quase toda essa riqueza é contrabandeada para o exterior por meio de aeroportos clandestinos.

— Sabem o que afirmou um deputado federal? — informou Cordeiro. — Denunciou no Congresso que, todo ano, saem do Brasil pelo menos três mil quilos de ouro e novecentos mil quilates de diamantes, cujo valor, a cada cinco anos, equivale a três vezes mais que o orçamento anual do governo.

Thompson voltou a abrir a caderneta.

— Ouçam o que diz este recente relatório da Sudam, publicado na revista *Look*: "As possibilidades mineralógicas da Amazônia são, em grande parte, ignoradas, sendo sua geologia pouco conhecida. Mas achando-se presente na área amazônica todas as idades geológicas, desde a era arqueana, que inclui as mais antigas rochas do globo, até recentes sedimentos quaternários da idade moderna, é de se presumir que encerre notáveis riquezas minerais. A presunção é confirmada por ocorrências esparsas, algumas já bastante conhecidas e que parecem de considerável importância, como os depósitos de ferro, manganês, bauxita fosforosa, ouro e diamantes; as reservas de calcários; as jazidas de cristal de rocha; as imensas camadas de anidrita e sal-gema no rio Amazonas; e lignito no Solimões."

— Volto à pergunta — disse Cordeiro —, como pensam extrair toda essa riqueza do subsolo amazônico? Invadindo o Brasil?

— Temos métodos mais inteligentes de atuação — esclareceu Gibson. — A Mepa já atua na Guiana, em conexão com a CIA, desde o fim da Segunda Guerra Mundial. Nossa estratégia descarta qualquer agressão a um país amigo. Queremos ganhar as almas dos povos amazônicos, guardiães de tantas riquezas naturais. E quem são eles? — concluiu como se perguntasse a si mesmo.

— Os índios — opinou Cordeiro.

— Exatamente. Se ganharmos os índios para Jesus, as veredas estarão aplainadas. A persuasão é sempre mais indicada que a agressão. Com a vantagem de que os selvagens são destituídos de cobiça e, uma vez domesticados, de bom grado haverão de trabalhar para nós na exploração das infinitas riquezas que o bom Deus decidiu esconder por séculos abaixo das raízes da exuberante vegetação e do leito de imensos rios que cobrem a Amazônia.

Gibson revelou ao major que o pontapé inicial fora dado. A Mepa instalara uma missão evangélica em um local batizado de Kanaxen — "Deus te ama", em língua indígena —, às margens do rio Essequibo, na Guiana, e, dali, atraído os Wai-Wai que, evangelizados, se mostravam dispostos a fazer a ponte com os povos indígenas do lado brasileiro. Uma vez pacificados, seria fácil explorar as riquezas contidas em seus territórios.

— Isso significa que a missão evangelizadora é meramente de fachada? — indagou Cordeiro em tom de ironia ao esboçar leve sorriso.

— De modo algum — reagiu Gibson. — Somos missionários convictos. Se Deus criou tantas riquezas em nosso planeta não foi, certamente, para que fiquem enterradas, e sim para serem exploradas em benefício do progresso e da civilização.

— Missionários e empreendedores — precisou Thompson.

Enquanto o coronel Fontoura se alinhava aos oficiais da ala nacionalista do Exército, o major Cordeiro se considerava um americanófilo nato, convencido de que a preservação da liberdade e da democracia no mundo dependia exclusivamente da tutela dos Estados Unidos. Cabelo escovinha e barba muito bem escanhoada, Cordeiro recendia a lavanda. Comedido nas palavras e leitor assíduo de John le Carré, Ian Fleming e Georges Simenon, sua vocação para a espionagem o levou a aceitar, sem o menor constrangimento, tornar-se agente secreto da CIA dentro do Exército brasileiro. E se gabava intimamente de haver assumido esse papel por mera convicção ideológica, sem buscar nenhum proveito financeiro.

— Vocês cruzam as fronteiras de Venezuela, Guiana e Brasil sem serem incomodados? — perguntou o major.

— Ora, Cordeiro, se ocasionalmente somos parados por guardas de fronteira — confessou Gibson —, nos fazemos entender pelo mais universal dos idiomas, capaz de abrir corações e portas: a propina. Nem precisamos falar uma palavra ou mostrar documentos. Basta exibir uma cédula de dólar. Afinal, os fins justificam os meios — concluiu com um sorriso malicioso.

Gibson contou que, em 1945, John Hawkins e seus dois irmãos, missionários da Unevangelized Fields Mission, contataram na Guiana os Wai-Wai do rio Essequibo e, em três anos, conseguiram decifrar o idioma indígena e elaborar seu alfabeto, no qual fizeram a tradução da Bíblia para, então, catequizá-los. Assim, atraíam os indígenas a Kanaxen para, na expressão de Gibson, serem "domesticados", mediante a evangelização e o batismo.

— As dificuldades surgiram a partir de 1961, com o início do processo de independência da Guiana — observou Gibson.

— O primeiro-ministro guianês, Forbes Burnham, queria expulsar os missionários estrangeiros do país. Acusava-nos de agentes da CIA, apesar de ele próprio já ter sido alvo da mesma denúncia e chegado ao poder graças à Casa Branca.

— Mas a Casa Branca veio a se decepcionar com Burnham — esclareceu Thompson. — A partir de 1966, quando a Guiana se tornou independente da Inglaterra, ele se aproximou de Fidel Castro, com quem assinou o tratado que permitiu a presença de barcos pesqueiros de Cuba no mar territorial da Guiana. Reatou relações com a China e a Polônia comunistas e nacionalizou empresas estrangeiras. Tornaram-se frequentes os rumores da presença de militares cubanos na Guiana, e se agravaram as tensões com a Venezuela pela posse de Essequibo.

4

Entre os Wai-Wai atraídos a Kanaxen se destacavam dois irmãos órfãos, Auká e Gakutá. Auká, o mais velho, ainda não atingira trinta anos de idade. Tinha os cabelos negros repartidos ao meio e a coloração café de seus olhos repuxados imprimia-lhe um olhar quase felino. Troncudo e esguio, sua postura física impunha autoridade. Desde criança, foi preparado para ser pajé e dirigir os rituais xamânicos de sua comunidade. Por isso, nos primeiros meses em Kanaxen, se sentiu dilacerado. De um lado, temia o Juízo Final e os horrores do inferno descritos com riqueza de detalhes pelo pastor Gibson. De outro, tinha medo da vingança do Espírito da Floresta. Os brancos afirmavam que o fim dos tempos se aproximava, e quem não aderisse a Jesus seria levado por Satã, o espírito maligno, e condenado a sofrer no fogo eterno.

Durante dois anos, Auká escutou, assustado, as pregações apocalípticas sobre o destino de pagãos como ele. Sabia que os brancos não tinham olhos nem cabeça para reconhecer a profunda vivência religiosa dos povos nativos. Consideravam-na mera idolatria, obra do diabo. Na condição de pajé, responsável pela espiritualidade da comunidade, cabia-lhe decidir por todo o grupo Wai-Wai atraído a Kanaxen. Um dia, comunicou a seu povo:

— Vou aceitar Jesus. Vocês devem esperar um ano. Se eu não morrer nem for castigado pelo Espírito da Floresta, vocês também aceitam.

Vencido o prazo em que não morreu nem nada sofreu, toda a comunidade aceitou Jesus. Os cabelos compridos foram cortados; pajelanças, proibidas; e as águas do rio engoliram os apetrechos rituais xamânicos — tabaco, tubo de assoprar, cocar, peitoral de peles, pedras, todo o material usado nas cerimônias. Já não tinham permissão para se pintar. Nem mesmo para utilizar, em caso de enfermidades, os recursos etnobotânicos ou fitoterápicos. Viam-se obrigados a recorrer aos medicamentos importados dos Estados Unidos. Quando manifestavam saudades da antiga aldeia, na qual viveram seus ancestrais, Gibson enfatizava que o mundo estava prestes a findar, e as únicas terras pelas quais deveriam demonstrar interesse não são as que se encontram aqui, e sim as que se expandem pelo céu...

O que o pastor nunca confessou aos indígenas é que, no íntimo, não acreditava em Deus. Uma noite, bêbado, entrou na maloca de Auká e admitiu:

— Lá nos Estados Unidos eu era bandido. Matava muita gente e vendia o que roubava.

Mais tarde, o coronel Thompson confirmou a Auká que Gibson fugira de sua pátria porque fizera "muita coisa errada". Mas depois de aceitar Jesus e do período de dez anos na Guiana, considerados pela Justiça dos Estados Unidos "prisão domiciliar", mereceu anistia da Casa Branca.

5

Quatro Wai-Wai — Gakutá, Bowe, Nawaxá, Yeuxá — foram batizados como pastores e iniciaram viagens em busca de novos povos a serem evangelizados. Gakutá exibia sempre um sorriso que lhe dava uma feição ingênua, mas se destacava pela inteligência para as tarefas práticas, bem como por sua compleição física de carregador de toras. Destemido, sentia-se atraído por toda sorte de desafios. Com a sua ajuda, Gibson e o coronel Thompson atraíam indígenas de várias nações. O método da Mepa consistia em presenteá-los com miçangas, facões, limas e outros utensílios. Despertada a cobiça, pediam mais. Então Gibson reagia: "Aqui não temos mais. Contudo, em Kanaxen tem muito. Lá podem ganhar mais presentes."

Claude Gibson se sentia em casa na floresta. De estatura mediana, atarracado e propenso à adiposidade, pele queimada de sol, seus cabelos ruivos davam a impressão de jamais terem sido penteados. Acompanhado da mulher — que os Wai-Wai chamavam de *Maramará* — e quatro filhos, instalara-se em Kanaxen em meados do século XX, após retornar, ornado de condecorações, da Guerra da Coreia. Após dois anos, a mulher não suportou as agruras da selva e, com os filhos, retornou ao Estados Unidos sem que o matrimônio fosse desfeito.

Os indígenas temiam os arroubos violentos de Gibson. Temperamental, dava ordens aos gritos e não admitia que o contrariassem. Thompson era o único a objetá-lo sem receber em troca uma ofensa. Sua suposta profissão de fé evangélica não o impedia de fumar dois maços de Marlboro por dia e beberricar nas refeições uma boa dose de aguardente ou um copo de cerveja.

Alto e magro, pele muito alva, Alisson Thompson tinha olhos claros e, na calvície avançada, tufos de cabelos oxidados que, no passado, deviam ter cor de areia. Celibatário, destoava no ambiente da selva por seus óculos de grau e a elegante bengala. Trazia no sangue a fleuma e a determinação que, no passado, favoreceram a expansão do Império Britânico. Embora a Guiana tivesse se tornado independente da coroa britânica em 1966, Thompson passou a trabalhar para a CIA e manteve seus vínculos com o país sul-americano. Tanto Gibson quanto Thompson trocavam — durante três a quatro meses, todos os anos — a América do Sul pelos Estados Unidos.

Kanaxen cresceu com a descoberta de jazidas de ouro e diamantes próximas à missão. A Mepa explorava também uma mina de ouro no Suriname. O interesse de Gibson em pesquisar metais e pedras preciosas sobrepujava, e muito, o de evangelizar. Certo dia, convocou Gakutá e um grupo de indígenas para acompanhá-lo a uma área próxima ao rio Anauá. Ali os Wai-Wai abriram um campo de pouso, a Pista Alfa, que serviria de ponto de escala das aeronaves do serviço aéreo Asas da Salvação, vinculado à Mepa. Em seguida, o pastor exibiu um aparelho usado para detectar "pedra que vale". Quando o ponteiro apontava vermelho, Gibson mandava cavar. Os indígenas cavaram dezoito buracos, o maior com quinze metros de comprimento, dez de largura e seis de profundidade. Ao ver as pás atingirem a camada de cascalho, Gibson deu ordens de cessarem os trabalhos. Dali para a frente ele mesmo assumiria a escavação. Os Wai-Wai foram mandados de volta. Ele permaneceu três meses junto ao rio Anauá e retornou a Kanaxen com vinte tabocas cheias de diamantes e ouro. Logo depois, comprou duas aeronaves — um helicóptero e um hidroavião.

Militares e civis brasileiros, em especial os agentes da Funai, mantinham boas relações com o pessoal da Mepa e, com frequência, usavam seus hidroaviões para alcançar o posto localizado próximo ao território dos Waimiri-Atroari, pois ali não havia pista de pouso.

6

No início de 1968, Gibson esteve em Manaus a convite do major Cordeiro, que retornara dos Estados Unidos no ano anterior. Regressou com uma notícia que agitou Kanaxen: o governo brasileiro dera os primeiros passos para abrir uma rodovia que passaria pelo território dos Waimiri-Atroari. Contudo, tinha dificuldades em pacificá-los...

A novidade foi recebida pela Mepa como um presente dos céus, já que as aldeias originárias dos Wai-Wai eram próximas aos Waimiri-Atroari, cujas terras Thompson e Gibson sabiam ser ricas em minérios preciosos. Os dois convenceram seus fiéis indígenas de que Deus dera a eles a sagrada missão de evangelizar seus vizinhos mais ao Sul, os Waimiri-Atroari.

Claude Gibson se gabava de ter amigos no governo brasileiro e, portanto, poderia obter para a Mepa a missão de pacificar os Waimiri-Atroari e, assim, explorar as riquezas minerais encontradas no território indígena. Sabia que, em anos anteriores, muitas denúncias contra a missão evangélica chegaram aos que orientavam a política indigenista brasileira. Marcados pelo agnosticismo, os agentes da Funai não aprovavam a presença de missionários entre indígenas. E desconfiavam, sobretudo, dos protestantes estadunidenses. Por sua vez, o Congresso brasileiro promovia uma investigação sobre a venda ilegal de terras na Amazônia. Nos últimos anos, os militares demonstravam redobrado interesse na região, e o Ministério do Interior, que comandava a política indigenista, era chefiado pelo general Albuquerque Lima, da ala nacionalista do Exército. Ele não escondia sua ojeriza à presença de estrangeiros naquela área, sobretudo missionários provenientes dos Estados Unidos.

O coronel Thompson encarregou Gibson de tentar obter autorização para a Mepa atuar junto aos Waimiri-Atroari. Ao viajar de novo a Manaus, o pastor indagou do major Cordeiro:

— O senhor acredita que os Waimiri aceitariam vender as áreas onde há filões de minerais preciosos? Eles nunca haverão de explorar toda aquela riqueza debaixo do solo. E com o dinheiro poderiam comprar o que é útil a eles, como machados e serrotes.

— Eles não se apegam às coisas materiais — respondeu o militar. — A terra, para eles, tem sentido comunitário, não pode ser comercializada. Mas não têm interesse em explorar as riquezas do subsolo, o que nos facilita as coisas.

Gibson retornou a Kanaxen com uma pasta cheia de papéis e boas e más notícias. Entre as boas, que o DER-AM, agora chefiado pelo major Cordeiro, se mostrava disposto a dificultar a pacificação dos Waimiri-Atroari, ao longo do traçado da BR-174, por agentes da Funai, pois tinha pressa e repudiava os métodos tradicionais dos sertanistas brasileiros. E sabia que os Wai-Wai e os Waimiri-Atroari entendiam seus respectivos idiomas. Entre as más, que o coronel Fontoura, articulado com a Funai, já cuidava de preparar a expedição que desempenharia a missão e contava com as simpatias e o apoio do Ministério do Interior.

Entre os papéis, um mapa, no qual desenhou círculos para marcar localidades onde possivelmente haveria minerais preciosos. Auká perguntou:

— Quem fez esse mapa?
— O satélite — respondeu o pastor.

7

Ao partir ao encontro dos Waimiri-Atroari, ansioso por se antecipar à expedição da Funai, Gibson avisou aos Wai-Wai que integravam sua equipe:

— Despeçam-se de suas famílias como se fosse o último dia de suas vidas. Quem morrer na missão será enterrado no meio do caminho.

Auká, chefe dos Wai-Wai, designou Gakutá para liderar os indígenas e avisou:

— Agora é o pastor quem manda. A voz dele é a voz de Deus. Tratem de obedecer. Se mandar caçar, cacem; se mandar matar, matem.

Preocupado com a segurança da expedição e o sigilo das operações, o coronel Thompson exigiu que fossem incorporados somente indígenas de confiança, que jamais contariam o que se passasse no decorrer da viagem. E caso sofressem ataques dos Waimiri-Atroari, deveriam reagir.

— Se vierem com ameaças, vocês têm que matar para se defender — aconselhou o inglês.

— Por que matar? — indagou Gakutá. Não podia entender como pastores, que pregavam a palavra de Deus, mandassem indígenas assassinar indígenas.

— O papel de Deus — disse com a expressão que os Wai--Wai utilizavam para se referir à Bíblia — manda matar os maus.

O coronel reafirmou que os Waimiri-Atroari eram maus. Contou que, há tempos, haviam assassinado um padre da Califórnia no rio Alalaú. O missionário ali desembarcou de um hidroavião que trouxe mais nove pessoas. Ao vir de barco da aldeia Awxaraí, do povo Wapichana, o padre se dirigiu à Eripomó, habitada pelos Wai-Wai e próxima ao local onde mais tarde foi edificada a missão *Kanaxen*. De lá, disse que iria para a aldeia Awarati, também do povo Wapichana, e, em seguida, ao encontro dos Waimiri-Atroari. "Se não me matarem, volto pra Eripomó", declarou antes de partir para nunca mais ser visto.

— Todos foram mortos pelos Waimiri-Atroari — disse Thompson —, que ainda destruíram a aeronave pousada junto à Cachoeira do Bem-Querer. E com o metal recolhido, fizeram pontas de flechas.

8

A expedição chefiada por Thompson e Gibson deixou Kanaxen, desceu o rio Essequibo e subiu em direção às nascentes do Kassikaityu. Ali, abandonou as embarcações e rumou a pé para o alto da Serra de Acaraí. Os indígenas viajavam com pouca bagagem, confiantes de que a floresta lhes ofereceria tudo de que necessitassem. Levavam apenas machado, facões, terçados, lanternas, fósforos, arcos e flechas para caçar. Rumavam céticos, cientes dos riscos do contato com os Waimiri-Atroari.

O coronel Thompson não disfarçava seu desconforto na selva. Alvo preferencial dos mosquitos, besuntava-se de repelentes e, num gesto atávico, erguia a bengala — lança quixotesca —, no intuito de afugentá-los. Com a pele ardida pelas picadas de vespas, lamuriava em inglês como se condenado ao desterro. E procurava recobrar o ânimo ao gritar pela selva o lema da Real Força Aérea:

— *Per ardua ad astra!*[1]

Nos trechos mais acidentados, Thompson se movia carregado por um par de indígenas em maca improvisada. Sentia-se o próprio marquês Wellesley, o governador-geral da Índia que costumava ser conduzido por servos pelas ruas de Bombaim. A densa vegetação lhe era hostil, os troncos pareciam se duplicar encobertos pelas sombras, as fortes chuvas lhe encharcavam as roupas e embaçavam os óculos. Suportava as agruras das incursões por seu abnegado espírito militar britânico, para o qual o dever a ser cumprido obedece a uma inapelável ordem real. O entrelaçado de ramas e galhos, as raízes irrompidas no solo úmido, a tíbia luz do sol filtrada pelas copas de árvores monumentais, os caules tombados carcomidos pela profusão de larvas e vermes, o cipoal a atravancar o caminho, as incessantes nuvens de mosquitos levavam o coronel a lamentar não se encontrar nos requintados restaurantes de Londres ou Nova York bebericando um dry martini. Por sua experiência na África, sabia que lidar com "tribos selvagens", como costumava dizer, equivalia a trafe-

---

[1] "Malgrado as dificuldades, rumo às estrelas!"

gar em terreno minado. Com os clãs africanos havia moeda de troca. Precisavam de armas e, portanto, respeitavam os mercenários dedicados ao tráfico. Mas nenhuma caução se apresentava no caso de povos indígenas isolados do mundo dos brancos. Lidava-se com um universo inteiramente desconhecido, habitado por seres imprevisíveis...

Contudo, sua soberba militar o induzia a enfrentar, resignado, a viagem pelo interior da selva que, em cada detalhe, parecia repelir a intromissão de estranhos, como se a natureza quisesse assinalar que, assim como expandiu sua exuberância pelo planeta ao longo de bilhões de anos sem a incômoda presença de humanos, do mesmo modo poderia prosseguir o seu percurso ao prescindir da ação deletéria dos que se julgam superiores a ela — sem se darem conta de que, de fato, são também expressão dela.

Gibson não dava atenção aos queixumes de Thompson. Embora tivesse nascido no país colonizado pelos ingleses, sentia-se superior ao colonizador. Estava convicto de que o Império Britânico ruíra por confiar exclusivamente em seu arsenal bélico, enquanto o estadunidense ascendia por manejar armas mais sutis e poderosas, como os produtos industriais, o cinema e a meritocracia de simples cidadãos desprovidos de raízes nobiliárquicas. A seus conterrâneos interessavam os títulos do mercado financeiro, e não os de nobreza, que tanto fascinavam os ingleses. Longe dos ouvidos de Thompson, dizia que os súditos de Sua Majestade tinham pose, enquanto os que viviam à sombra da Estátua da Liberdade tinham posses...

Gibson caminhava à frente da expedição com as botas encharcadas, arranhadas pela profusão de espinhos, as calças enlameadas, e emitia orientações aos berros, como se comandasse uma fila de escravos. Fumava com tanta ânsia que passava a impressão de acender um cigarro no outro. Em sua mochila trazia vários recipientes nos quais recolhia amostras de plantas, cascas de árvores, flores, terra e micro-organismos. Coletava também besouros, borboletas, abelhas, marimbondos e outros insetos. O perfume úmido da vegetação luxuriante tinha, ao seu olfato, o mesmo aroma das notas de dólar.

9

Após uma semana de avanço pela floresta, o coronel Thompson praguejava sem parar em inglês. Os carapanãs o picavam vorazmente e, na ânsia de aplacar as intensas coceiras, se entregava a um balé que parecia multiplicar suas mãos que, céleres, percorriam todo o corpo. Sua pele alva, entranhada de mucuins nas partes íntimas, parecia acometida de um surto de catapora. Os Wai-Wai, irritados, se queixaram do duro trabalho de abrir picadas e do excesso de peso obrigados a carregar. Nawaxá, o mais temperamental do grupo, se desentendeu com Gakutá por acatar, silente, todas as ordens dos brancos. Acusou-o de subserviência, de se envergonhar de suas origens indígenas e de apreço desmedido por estrangeiros. Ao contrário de Bowe, quase sempre recolhido ao mutismo,

Nawaxá trazia sempre na ponta da língua uma expressão crítica sobre tudo e todos. Ao revidar, Gakutá enfatizou sua condição de chefe do grupo, a quem todos deviam respeito por representar ali o tuxaua.

Ninguém tinha certeza se estavam no rumo certo até chegarem ao cume da serra. Yeuxá, o mais jovem e ágil do grupo, subiu ao topo de uma árvore e, de lá, avistou as cabeceiras do rio Jatapu, que já conheciam. Ao descer, acamparam às margens do igarapé Yapoti.

Ocuparam toda a semana seguinte com a única ordem dada por Thompson e Gibson: "cavar, cavar, cavar" para retirar terra e ensacá-la.

Oito dias depois, um helicóptero aterrissou na clareira aberta pelos indígenas. Desembarcaram, além do piloto, dois homens que os Wai-Wai nunca haviam visto, o major Paulo Cordeiro e o mateiro Fulgêncio Soares. Gibson apontou o mateiro, um homem alto e cuja corpulência lhe imprimia expressão arrogante, e disse aos indígenas:

— Este homem viveu entre os Waimiri-Atroari. Sabe que nas terras deles há muito ouro e diamante.

Ao abrir o mapa repassado pelo major, o pastor fez um círculo com o lápis.

— Aqui tem ouro.

Em seguida, outro círculo.

— Aqui tem diamante. Quero ir até lá e preciso de vocês.

— O que é ouro? — perguntou Yeuxá, que não deixava escapar nenhuma oportunidade de aprender.

— É uma pedra, vale muito dinheiro. Quando eu encontrar, darei uma parte a vocês.

Gakutá já não tinha dúvidas de que o ouro, e não a fé, movia os missionários da Mepa.

Pouco depois, o helicóptero levantou voo com os dois homens e sacos de aniagem cheios de terra retirada dos buracos cavados. Como não couberam todos os sacos, construiu-se um jirau sob tapiri para abrigar os que sobraram, resguardados da chuva e dos animais.

Um hidroavião Catalina, do Asas da Salvação, veio reabastecê-los de provisões. O pastor aproveitou a oportunidade para sobrevoar, em companhia de Thompson e Gakutá, o território Waimiri-Atroari. Observaram o rio Alalaú a partir da Cachoeira do Bem-Querer. Localizaram quatro igarapés na margem esquerda, e avistaram as malocas próximas às nascentes de um deles. Em sinal de resistência, os Waimiri-Atroari atiravam para o alto flechas feitas de taboca e pontas de pau-d'arco afiado, ossos de animais ou metais de utensílios apreendidos dos brancos, como facões e restos da fuselagem de aeronaves caídas na selva. Ao retornar a Kanaxen, o hidroavião levou de volta o coronel Thompson, que já não suportava as aflições da viagem e as intempéries da selva, e carregou também inúmeros sacos estufados de terra.

Dali, Gibson e o grupo de indígenas seguiram por terra para o rio Alalaú, e abriram longa picada que deveria servir de contato, no futuro, entre os Wai-Wai e os Waimiri-Atroari. Após dias de cansativa caminhada, chegaram ao Alalaú.

Gakutá e seus companheiros derrubaram duas sucupiras e, em três dias, construíram um par de canoas. Gibson então dividiu a expedição em dois grupos, um chefiado por ele e outro por Gakutá. Repassou ao líder indígena o mapa da área do rio Alalaú e dos quatro igarapés fotografados do avião, e marcou o ponto de encontro dos grupos junto à confluência do rio com um dos igarapés.

A turma do pastor se apossou de quase todas as provisões trazidas pelo hidroavião, e a outra, liderada por Gakutá, ficou à míngua, sob o pretexto de que saberia extrair da floresta sua alimentação. Na lenta descida pelo rio Alalaú, o grupo de Gakutá se deparou com sinais da presença dos Waimiri-Atroari, como um resto de fogueira acesa para moquear a caça. Ao lado, uma *dyma*, "pirarara", que, afligida pela proximidade da morte, ainda esbracejava, sinal de ter sido pescada há pouco. Fizeram dela o almoço do dia. De bebida, o leite adocicado de um amapá cujo caule Yeuxá havia cortado em diagonal para deixá-lo escorrer.

10

Após o encontro das duas turmas, os Wai-Wai abriram uma ampla clareira, próxima à foz do igarapé, para permitir a aterrissagem do helicóptero que traria o major Cordeiro. Ali decidiram acampar.

Gakutá chamou Gibson à parte para se queixar:

— Entre nós, índios, quem tem mais dá a quem tem menos.

O pastor fez autocrítica, admitiu não haver sido justa a repartição das provisões entre as duas turmas, e prometeu que a aeronave retornaria com mais produtos. Mas o líder indígena não aceitou as alegações:

— Não reclamo da pouca comida. Sei que não viemos para evangelizar. Foi pra cavar terra. Por isso fomos convocados. Não gosto nada disso.

Gibson reagiu:

— Não é verdade. Viemos pra evangelizar. E não tenho medo de morrer em nome de Deus. Mas recebo ordens de mister Thompson. Ele não permitiu eu ir com você catequizar os Waimiri-Atroari.

Nawaxá reagiu irritado. Não engolira a recomendação dos brancos de que, se preciso fosse, matassem os Wamiri-Atroari.

— Então por que a gente veio já que não é pra evangelizar? Se você é contra índios, nem deveria vir. Podemos te matar e retornar pra Kanaxen.

Enfurecido, Nawaxá convocou todos os Wai-Wai para uma conversa no meio da mata, longe dos ouvidos do pastor, a fim de decidirem o que fazer. Foi uma discussão tensa. Os Wai-Wai se dividiram. Yeuxá concordou com Nawaxá e se mostrou disposto a liquidar Gibson ali mesmo e retornar para Kanaxen. Mas os outros temiam as ameaças de Thompson. Todos, com medo dos Waimiri-Atroari, queriam se afastar dali o mais rápido possível.

Ao retornarem ao acampamento, encontraram Gibson muito nervoso. Incomodado com a reunião secreta dos Wai--Wai, ameaçou voltarem imediatamente a Kanaxen. Bradou que não fizera em vão tanto sacrifício para chegar até ali.

Veio de novo o hidroavião e desembarcou víveres. Em uma das caixas, o nome de Gibson figurava em letras graúdas, acrescido de "URGENT, TOP SECRET". Era um bilhete do major Paulo Cordeiro. Justificava a sua ausência e alertava que, de Manaus, já partira a expedição da Funai organizada pelo coronel Fontoura e comandada pelo sertanista Vitorino Alcântara. Era preciso sabotá-la. E acrescentava: "Se eles forem aceitos pelos Atroari, vai ser difícil para a Mepa ter o domínio da área. Procurarei mantê-lo informado, pois consegui infiltrar um informante na expedição da Funai."

11

Embora disposto a não recuar, Gibson se sentia dividido entre as queixas dos Wai-Wai e o pavor de enfrentar os Waimiri--Atroari. Na intenção de se isentar de responsabilidades, repetia que ele apenas cumpria ordens do coronel Thompson e do chefe que morava nos Estados Unidos...

Dias depois, o grupo comandado por Gakutá avistou malocas dos Waimiri-Atroari junto a um afluente do igarapé Abonari.

12

Apesar do empenho missionário, os Wai-Wai ainda tinham dúvidas sobre a nova fé, e isso se manifestou ao se aproximarem do povo *Kinja*. Haviam abandonado há tempos seus instrumentos de pajelança, renunciado à sua cultura, aceitado a religião do homem branco. Teriam feito a opção certa? A dúvida persistia. Até mesmo Gakutá, o mais fervoroso pastor indígena, entoava as tradicionais orações de seu povo e rogava proteção ao Espírito da Floresta enquanto remava em direção ao território dos Waimiri-Atroari. No entanto, ao começar a escurecer, o contorno das árvores se desfez em um esboço indefinido de sombras e eles decidiram aguardar o dia seguinte.

Ao ouvir Gakutá e seus companheiros relatarem os temores de penetrar a área Waimiri-Atroari, recorrerem às suas crenças e apelarem a seus deuses, Gibson, irado, passou a gritar que a expedição era uma prova do poder do Deus dos brancos.

— Nosso Deus é triunfante! — gritou o pastor como se pretendesse convencer até mesmo as árvores. — Nenhum outro deus deu tanto poder a seus fiéis como Javé! Sabem por quê? Porque os outros são falsos deuses, não têm olhos para ver nem ouvidos para ouvir.

— Vamos ver a força da religião dos brancos! — reagiu Gakutá. — Se um de nós morrer, ninguém mais fica crente. Mas se tudo der certo, reafirmamos nossa fé em Jesus.

De noite, em torno da fogueira, confabularam como se aproximar dos Waimiri-Atroari. Atiramos para o alto? Gritamos?

Na manhã seguinte, Gibson permaneceu acampado no local onde haviam dormido e os indígenas partiram para nova investida. Após navegar horas, chegaram a uma maloca. Estava vazia. Haviam combinado um código com o helicóptero: pano branco, contato bem-sucedido; pano amarelo, contato por fazer; pano vermelho, perigo. Estenderam o tecido amarelo. A aeronave de apoio fez um voo rasante e lançou brindes para serem entregues aos Waimiri-Atroari: miçangas, facões, facas e espelhos.

Ao atravessar o igarapé na manhã seguinte, Gakutá e seus companheiros encontraram uma picada muito larga. Nela se depararam com uma surucucu que se contorcia ao atravessá-la, como se a sinuosidade de seu corpo amarelado, entremeado de anéis amarronzados, retratasse o serpentear dos rios amazônicos. Avançaram com cautela, receosos. Uma sinfonia de gorjeios entrecortava o silêncio da mata, e o vento afinava seu violino no balouçar da vegetação. Adiante, avistaram um indígena que, de cócoras, imitava o bufar da cotia para atrair caça. Gakutá fez sinal para todos se esconderem na vegetação. Quando o caçador se aproximou, foi cercado. Tentou fugir, mas não conseguiu. Começou a gritar em *Kinjayara*:

— Saiam daqui, senão vou chamar o meu povo.
— Onde fica a sua maloca? — indagou Gakutá.
— Aqui perto.
— Queremos ir lá com você.

Deram a ele um facão e um colar de miçanga.

— Não, não podem ir. Se forem, matamos vocês.

Soltaram o prisioneiro e o seguiram. Os Wai-Wai, ao entrar na *mydy taha*, "aldeia comunitária", emitiram sinais de paz. Distribuíram presentes, retribuídos pelos anfitriões com tapioca, beijus e caxiri. Os Waimiri-Atroari tinham braços, pernas e tornozelos enfeitados de miçangas, e penas de urubu-rei nos cabelos. Tomaram os sacos dos visitantes e, em clima de alvoroço, cada um escolhia o que lhe interessava. Súbito, encontraram os espelhos. Largaram os sacos e recuaram como se contivessem maldição. O ambiente ficou tenso. Guerreiros empunharam suas armas e obrigaram os visitantes a ficarem nus. Rejeitaram os espelhos por acreditarem que roubariam seus espíritos e, assim, morreriam. O clima entre eles só não resultou em conflito pelo fato de a expedição da Mepa ser integrada por indígenas que também se expressavam no idioma caribe.

13

Após retornarem ao acampamento e comunicar ao major Cordeiro, por rádio, o que havia sucedido, Gibson disse a Gakutá que a animosidade dos Waimiri-Atroari precisaria ser canalizada para a expedição da Funai que, dentro de poucos dias, estaria próxima ao igarapé Abonari.

No dia seguinte, os Wai-Wai voltaram ao Abonari. Tocaiaram a maloca mais próxima do trajeto da rodovia.

Sabiam que seus ocupantes se deslocariam para a aldeia do tuxaua Makoaka, na qual o povo *Kinja* se reuniria para celebrar a *bahiña-maryba*, a "festa da criança". Ao verem os ocupantes da maloca se afastar, correram e puseram fogo na palha que recobria o telhado. Provocados assim — opinara Gibson —, os Waimiri-Atroari se vingariam sobre a expedição da Funai.

Gakutá e seus companheiros se retiraram com a maloca ainda em chamas. Enfiaram-se pela mata densa, aberta a golpes de terçado, evitando as trilhas para não deixar rastros, até alcançarem a canoa ancorada mais adiante.

Aquela era a maloca de Maipá, lendário e *nerimy*, "valente", chefe guerreiro Waimiri-Atroari que liderava a resistência aos invasores — todos que participavam da abertura da rodovia BR-174, iniciada havia meses. Maipá nascera próximo ao rio Urubu, mas a presença de brancos o obrigou a emigrar para as margens do Abonari, o que o tornou vizinho de Makoaka, chefe dos milhares de Waimiri-Atroari. Quanto mais os brancos se aproximavam, mais Maipá deixava pelo caminho avisos de que não recuaria sem lutar: duas flechas cruzadas e ornadas com penas vermelhas de araras. De dia as máquinas abriam um trecho de estrada, de madrugada os *Kinja* atulhavam o local de terra e galhos. Com frequência, se aproximavam do acampamento da linha de frente e erguiam arcos e flechas para demonstrar hostilidade, o que suscitava medo e insegurança entre os operários, a maioria soldados do Batalhão de Engenharia de Construção do Exército.

Daí a revolta indígena contra os construtores da rodovia BR-174 ao verem os tratores "virando árvores de raízes para cima", como disse Maipá.

14

Ao avistar a fumaça que denunciava o incêndio, os Waimiri-Atroari saíram ao encalço de Gakutá e seu grupo que, ao alcançarem a canoa, tentaram lançar foguetes de sinalização para pedir socorro a Gibson, que ficara com o radiotransmissor, mas os pavios não acenderam devido à umidade. Com medo de serem alcançados, remaram com sofreguidão até se enveredarem por um pequeno igarapé da margem direita do rio. Ali aguardaram o sol se pôr e as sombras das árvores se transformarem em trevas para se moverem em segurança. Protegidos pelo silêncio, fugiram durante toda a noite e ao longo do dia seguinte. Só foram dormir ao chegarem à trilha que conduzia ao acampamento onde o pastor os aguardava.

Capítulo IV

1

— Acorda, Helvídio, o mundo está se acabando!
Agarrado ao travesseiro e ao sono, ele se virou de lado.
— Veja lá o que acontece, mulher. Me deixa dormir!
— Quem consegue dormir com um barulho desses, homem de Deus!? Não se dá conta de que estamos ameaçados por um terremoto ou coisa parecida?
— Deixa eu dormir mais um pouco, Dorô. Vai ver que a pororoca do rio Amazonas virou pra esses lados.
Doroteia correu assustada para ver o que se passava do lado de fora da casa. Toda a aldeia despertara sobressaltada. Onde antes não se ouvia mais do que o coral da passarada saudando o nascer do dia, agora um ruído ensurdecedor aturdia todos, acrescido ao ronco de motos, carros, caminhões e à vibração férrea dos tratores das obras da rodovia. As paredes trepidavam; a ventania assoprava roupas desprendidas dos varais, flamuladas à deriva, em colorida dança aérea; os cães latiam nervosos em correrias a esmo, como se ameaçados por fantasmas. Todos deixaram camas, redes, malocas e casas

para ver se, de fato, o teto do céu desabava, como previsto em cosmogonias indígenas.

"O que é aquilo?", perguntavam-se os atônitos moradores. "Um gigantesco ventilador veio refrescar o calor úmido e abafado da floresta?" "Uma monstruosa aranha rosna nas alturas?" Olhos no céu, todos viram o helicóptero H-36 Caracal da FAB circundar a localidade em manobras que levantaram intensa poeira ao aterrissar na faixa de terra que servia de pista ao aeroporto. De seu ventre saíram os músicos da banda da Aeronáutica com clarinetas, flautas, saxes, trompetes, trombones, trompas, bombardinos, tubas e instrumentos de percussão. Vinham abrilhantar a inauguração da primeira escola da aldeia Yawará, no Sul de Roraima, dentro do território indígena Waimiri-Atroari.

Houve quem perguntasse — índio precisa de escola? Os construtores da rodovia BR-174, que corta a região, diziam que não, índio é pouco mais que macaco, sabe se virar na natureza, trabalha só pra comer, não carece de estudos, se aprende letras pode até ficar com a cabeça mais atrapalhada ainda.

Outros opinavam que a escola traria luzes aos Waimiri--Atroari. Alfabetizados, se dariam conta da vida primitiva, selvagem, que levavam. Com certeza brotaria neles o desejo de se integrar ao mundo civilizado, ao progresso e, quem sabe, transformar aquela imensa reserva na qual viviam em latifúndio produtivo, poderosa célula do agronegócio brasileiro. Poderiam até mesmo explorar ali o turismo ecológico. A exuberância da floresta, os rios piscosos, os igarapés cristalinos, as piscinas naturais dos igapós, a diversidade da fauna e da flora, a profusão de cavernas, grutas e cachoeiras, tudo atrairia turistas da Europa, dos Estados Unidos, da Ásia, gente que só viu índios em fotos, vídeos ou representados no cinema. A tribo haveria de faturar uma boa grana...

A Funai, interessada em bajular o presidente da República, insistiu na abertura da escola. Erguida pelas mãos habilidosas dos Waimiri-Atroari e financiada pela Mineração Taboca S/A, do Grupo Paranapanema, mereceu inauguração com muita pompa e salva de fogos de artifício. Recebeu o nome de Centro Educacional Euclydes de Figueiredo em homenagem ao pai do presidente da República, o general João Batista Figueiredo, e do general Euclydes Figueiredo Filho, chefe do Comando Militar da Amazônia.

Trazido de Manaus em helicóptero, o general Euclydes, um homem de rosto largo e lábios finos, como se modelado em bronze, deu ordens expressas para ser protegido por um "cordão sanitário" enquanto estivesse em solo. Não queria nenhum contato físico "com índios, essa gente fedorenta, pestilenta", disse ao major encarregado de sua segurança. Proferiu o discurso de inauguração ao lado do presidente da Funai, coronel Paulo Moreira Leal. Enfático, desmentiu que houvesse exploração de minérios no território Waimiri-Atroari e assegurou que toda a área era rigorosamente controlada pelo Exército. Sabia que mentia, mas se desculpava intimamente em nome de um valor maior, a segurança nacional. A Amazônia precisava ser entregue às mineradoras, às madeireiras, ao agronegócio para se tornar palco de grandes empreendimentos, fator de progresso, e deixar de ser uma vasta região improdutiva, "ocupada por seres primitivos e ociosos".

2

Doroteia e Helvídio Schwentes foram ao representante local da Funai manifestar a intenção de trabalhar na escola. Indigenistas experientes, vinculados ao Cimi, o casal havia atuado junto a povos indígenas no Norte do Mato Grosso e ao longo do rio Purus. Discípulo de Darcy Ribeiro, Helvídio diplomara-se em antropologia e linguística, e Doroteia, em botânica e pedagogia.

Haviam se conhecido nos encontros da Pastoral de Juventude da Igreja Católica. O amor à causa indígena levou-os, já formados e casados, a se deslocarem do Sul do Brasil para a Amazônia. Partilhavam a convicção de que os povos originários jamais devem ser catequizados por qualquer Igreja ou religião. Têm suas próprias e milenares crenças, seus rituais telúricos, seu modo peculiar de comungar com a natureza e o transcendente, e isso merece ser respeitado. Ali os valores do bem se manifestam por outros paradigmas nem sempre ao alcance da mentalidade cartesiana de influências exógenas.

Doroteia e Helvídio encontraram o tuxaua Eriwaki, que haviam conhecido meses antes em um evento em Boa Vista, promovido pelo Cimi em parceria com a Universidade de Brasília.

— Lembra-se de nossa conversa na capital? — disse Helvídio.

— Sobre alfabetizar a nossa gente? — recordou o cacique, um homem de expressão cálida, olhos repuxados e um sorriso que lhe iluminava a face. — Ainda sonho. Nosso povo não é ignorante, sabe muito, não sabe o saber dos brancos. Alfabetizar ajudará nós a saber o saber dos brancos. Não pra virar branco, pra gente se defender do branco.

No simpósio de Boa Vista surgiu a ideia de lexicografar o idioma *Kinjayara*, fator de identidade e união do povo Waimiri-Atroari, cujos rudimentos o casal havia aprendido. Doroteia e Helvídio decidiram conviver algumas semanas na comunidade ágrafa antes de iniciar o trabalho pedagógico, de modo a se aprimorarem no domínio do idioma e assimilar os costumes *Kinja*.

Eriwaki, *mydy iapremy*, "chefe da aldeia", dominava bem o português sem, no entanto, manifestar interesse em entender os estranhos desenhos que os brancos chamam de letras e dizem formar sílabas, palavras, frases. Como as palavras, tão sonoras na boca, podem permanecer mudas no papel? As letras não produzem sons como as flautas de bambu. Ficam silentes, presas ao papel. Como é possível os olhos captarem, pela leitura, os diferentes sons da palavra escrita e fazê-los soar em diferentes tons na boca de quem fala? Enigmas complexos para Eriwaki. Ainda assim, mostrou-se disposto a apoiar a iniciativa pedagógica.

A Funai não impediu a inserção do casal na aldeia. Mas, orientada pelo SNI, escalou o sertanista Afonso Prado, que atendia a comunidade, para mantê-lo sob vigilância.

3

Ao alfabetizar o povo *Kinja*, Doroteia e Helvídio almejavam resgatar-lhe a história, valorizar seus costumes, contextualizar a pedagogia na relação que mantinha com a natureza. Além desse sonho, nada traziam ao chegarem à aldeia, exceto duas malas e duas sacolas adequadas à vida peregrina. Continham poucas roupas e muitos livros.

Ao chegarem à casa destinada a abrigá-los, encontraram Afonso encostado ao batente da porta. Magérrimo, o agente da Funai obstruía a entrada e mastigava a ponta do cigarro no canto esquerdo da boca. Tinha um olhar indolente de quem, autocentrado, não consegue expressar nenhuma empatia.

— Já está ocupada, meus caros — disse em tom sarcástico ao cuspir de lado.

O domicílio espaçoso, recortado em vários quartos, sala ampla, janelas de correr, poderia acolher uma dúzia de pessoas. O casal, paralisado frente à rejeição, preferiu não bater boca com o invasor. Seria contraproducente iniciar um programa educativo com uma contenda entre brancos perante a comunidade indígena.

— Se quiserem — disse Afonso ao erguer o braço esquerdo lentamente, como se lhe pesasse —, aquela casinha ali está disponível. — Apontou com o dedo indicador direito.

O espaço era bem menor que o local ocupado pelo funcionário da Funai. Construída quando as obras da rodovia BR-174 se aproximavam da região, agora servia de depósito de sucata. Ao observar o exíguo espaço, Helvídio logo percebeu se encontrar em um recinto mais relevante que um simples depósito. Tratava-se de um documento histórico. Havia dezoito furos nas paredes externas, através dos quais se podiam apontar, em todas as direções, rifles calibres 22 e 44, espingardas e revólveres. Consistia em verdadeira trincheira, com certeza usada pelos construtores da BR-174 para abater indígenas que se aproximavam do canteiro de obras.

4

Dois meses depois da chegada do casal, três dezenas de indígenas interessados na alfabetização, convocados por Eriwaki, ocuparam o centro da aldeia para dialogar com os futuros professores. Crianças se aproximaram, cautelosas, atraídas pelo farto bigode de Helvídio. De mãos dadas, os curumins chegavam bem próximos do professor, apontavam entre risadas o detalhe fisionômico, davam-lhe as costas e corriam às gargalhadas para, logo, retornarem e repetirem o gesto. Helvídio incentivou-os a tocá-lo e, em seguida, de posse de um pedaço de carvão retirado do braseiro de preparação do almoço, abigodou-os com um risco preto, o que arrancou risos de todos. Já as mulheres tocavam os cabelos anelados e ruivos de Doroteia que, acarinhada, abria um sorriso radiante no rosto arredondado.

Durante a refeição — tucunaré moqueado, *minja kaha*, "tapioca", e mingau de buriti —, Helvídio explicou, do modo mais didático possível, que ao aprender a escrever o próprio idioma eles poderiam registrar, em pequenos desenhos chamados letras, que formam sílabas e palavras, todas as lembranças do povo *Kinja*. Assim, já não ficariam dependentes apenas da memória. E como o que se guarda na memória se traduz em palavras, essas palavras poderiam ser registradas por escrito, conservadas no papel e serem lidas em *Kinjayara*.

— As histórias do povo de vocês são mais conhecidas pelos mais velhos. Quando um morre, se apaga também toda a memória que ele traz na cabeça. Mas se registrarem por escrito tudo de importante que acontece entre vocês, lembranças e histórias, ficará gravado no papel e será conservado para sempre. Assim como o remo é a extensão do braço e faz a ubá avançar pelas águas do rio, o registro escrito é a extensão da memória e impede que ela se perca — concluiu o professor.

— Quando gostariam de iniciar as aulas? — perguntou Doroteia ao final da refeição.

— Agora! Agora! — reagiu Pautxi, jovem guerreiro, ao erguer seu arco.

— Então vamos começar — retrucou Helvídio ao acolher a indisfarçável ansiedade.

Toda a comunidade — crianças, jovens e adultos, inclusive mães com bebês nos braços — caminhou meio quilômetro até a escola construída no estilo *Kinja*, sem portas, coberta de palhas e sustentada por um tronco central. Equipada pelos indígenas com mesa, bancos, lousa e giz, ficava ao lado do recinto que servira de almoxarifado do Batalhão de Engenharia de Construção do Exército. No percurso, Helvídio preparou mentalmente a primeira aula. Entre as palavras *Kinjayara* que memorizara, deu preferência a *nietkî*, que significa "desenhar".

Após distribuir folhas de papel, lápis de cor e canetas hidrográficas, Doroteia sugeriu-lhes desenharem livremente. Hesitaram por instantes, travados pelo acanhamento, enquanto o professor repetia:

— *Nietkî, nietkî!*

Pautxi se levantou e, altivo, se postou junto à lousa — velha tampa de cisterna recoberta de papel pardo. Com seus dedos longos, desenhou uma maloca com o pedaço de carvão que servia de giz. O Exército e a mineradora não haviam equipado a escola, malgrado o alarde da inauguração.

— *Taha iakaha ehry-ky!*, "Pinte um desenho maior!" — pediu-lhe o colega Xiwyia, no que foi logo atendido.

Isso encorajou o grupo. Todos passaram a desenhar pessoas, rios, peixes, árvores, aves, onças... Em uma hora, preencheram a lousa e os papéis de variadas ilustrações. Helvídio traduziu o significado dos desenhos em símbolos, grafemas e sílabas.

Doroteia, com voz pausada de entonação melodiosa, sugeriu que os desenhos fossem preparados nas malocas, longe da presença do casal e do funcionário da Funai que, vigilante, caderneta em mãos, acompanhava as aulas. Haveria, assim, mais liberdade e espontaneidade.

Em classe, os alunos comentavam os desenhos e os temas mais repetidos.

— O que é isso? — indagou Helvídio ao apontar o desenho de uma maloca.

— *Mudî* — responderam.

— Vamos desenhar duas *mudî*, uma ao lado da outra.

Pronto o desenho, o professor grifou a letra M de *mudî*, "casa". Assim, reconheceram a importância do desenho para a formação do alfabeto.

Após a primeira semana de aula, a escola recebeu a visita do tuxaua Mário Paruwe, da aldeia Xeri. Corpo rígido, sua pele tinha a cor de jacarandá copaia. Os gestos afáveis expressavam simpatia. Todos o cercaram com desenhos em mãos. Cada um interessado em mostrar o seu. Contagiado pelo entusiasmo, Paruwe incentivou-os:

— *Nietkî wapî*, "desenhar muito", amolece dedo pra fazer letra.

Devido à comparação de letras com objetos e animais desenhados, os alunos ganharam confiança na capacidade de configurar símbolos, letras e formar palavras. O método consistia em desenhar pequenas cenas; dialogar sobre elas; ilustrar a conversação; e montar o texto a partir do material coletado. Assim, o universo lexical e a estrutura da língua emergiram. Em poucos meses fizeram mais de seiscentos desenhos de plantas, animais e pequenas cenas com as respectivas legendas em idioma Waimiri-Atroari.

O desenho ganhou preponderância no processo de alfabetização, sobretudo porque a maioria dominava a arte pictórica melhor que o casal de professores. Isso preparou os alunos para a escrita, "amoleceu os dedos", exercitou-os na coordenação motora. Rapidamente as ilustrações revelaram os temas geradores, essenciais para aprimorar o processo de alfabetização.

Dos desenhos em folhas de papel ofício, surgiram letras, palavras, frases e, finalmente, textos com relatos de lendas, histórias e trajetórias do povo *Kinja*. Enquanto desenhavam e pintavam a flora e a fauna, a estrutura da língua transparecia — primeiro, os itens lexicais de sua cultura e, gradativamente, com a evolução da habilidade de se expressar por escrito, as primeiras frases sobre os fazeres diários.

A metodologia adotada deixava por conta dos alunos quase todo o processo de alfabetização e a preparação do material. As tarefas de aula, "a cartilha", eles produziam diariamente, longe da vista dos professores. No dia seguinte, eram complementadas e enriquecidas por conversas em aula.

Xiwyia, uma adolescente retraída, de cuja voz quase não se ouvia o som, desenhou uma rede de dormir na lousa e escreveu ao lado em seu idioma: "Minha mãe não me ensinou a fazer rede." Em seguida, voltou ao seu banco. O debate em aula decodificou a mensagem: a mãe morreu de sarampo ainda jovem, após o pai ter sido assassinado na luta de resistência à abertura da rodovia. A epidemia de sarampo havia sido trazida à aldeia por quatro Waimiri-Atroari levados a Manaus por funcionários da Funai para receberem brindes da Mineradora Taboca, interessada em cooptá-los. Na época, a orfandade das pessoas da aldeia com mais de quatro anos de idade chegava a superar noventa por cento!

5

O curso de alfabetização propiciava proveito recíproco. Enquanto os indígenas se adaptavam ao novo meio de expressão, Doroteia e Helvídio se familiarizavam com o idioma e os costumes *Kinja*.

Era visível a satisfação dos alunos ao perceberem que a língua podia ser estudada em sua estrutura e se darem conta do quanto ela é bela. Daí a assiduidade de participação nas aulas, o que em nada lembrava a formalidade do sistema educacional das cidades. Eram aulas descontraídas, independentes de horários, nas quais havia permanente alegria resultante de suas descobertas. Exceto quando a escrita revelava os sucessivos assassinatos cometidos pelos *kaminja*, "civilizados".

Transparecia ali a diversidade da natureza — plantas, peixes, animais terrestres, insetos, árvores frutíferas, ervas medicinais; e a vivência cultural com enfeites, danças e cantos. Descreviam-se igarapés e rios, cachoeiras e pedras, bem como a riqueza de suas tradições: festas, mitos e celebrações de casamentos que asseguravam a sobrevivência daquele povo. A comunicação gráfica fez emergir, de forma viva, a profunda cultura da nação Waimiri-Atroari. Conheceram-se, assim, os nomes que dão a rios e cachoeiras; a dimensão das veredas que ligavam as várias aldeias; e as relações delas com as demais nações de povos de língua caribe. Veio à tona a história presente e passada do povo Waimiri-Atroari, dos pais e parentes mortos, da trágica e heroica resistência da comunidade indígena. Havia longas conversas sobre a forma e o conteúdo das mensagens. Eram como buracos de fechadura que permitiam o acesso aos dramas vividos no passado e ao vasto mundo do cotidiano. Relatavam experiências tidas no interior da floresta e nas aldeias destroçadas pela violência dos *kaminja*.

— Por que *kaminja* matou *Kinja*? *Apiyemyekî?* "Por quê?"
— Era a pergunta mais frequente.

6

Os alunos trouxeram à sala de aulas sementes de pau-rosa, urucum, buriti e outros vegetais. Da conversa de como pequenas sementes se transformam em árvores frondosas surgiu a pergunta de Doroteia:

— Como nasceram os *Kinja*?

Contaram que, em tempos remotos, todos conviviam em igualdade de condições, apesar de alguns terem poderes sobrenaturais e outros não. Não havia animais. Eram todos pessoas. Alimentavam-se de frutas e tubérculos. Mawá *kwap-*

ka, "o criador dos *Kinja*", habitava a Terra. E assegurava a eles todas as provisões necessárias. Naquele paraíso havia abundância de tudo, nem carecia plantar. Contudo, quem transgredia os ditames de Mawá se transformava em animal.

Um dia, cansado de viver aqui embaixo, e preocupado em impedir a queda do céu — pois lá de cima caíam pedras —, Mawá pediu ao *waia-my*, "jabuti", que também era *Kinja* — pois ainda não havia diferença entre humanos e animais —, para atirar flechas para o alto, de modo a jogar o cipó para amarrar o céu e impedi-lo de desabar. As flechas formaram uma escada. Ao subir por ela, Mawá decidiu morar na esfera celestial. Lá tem água, mato, todo o necessário para o bem viver. De lá, ele controla todas as forças da natureza — o trovão e as chuvas, a noite e o dia.

Outros *Kinja*, como *kwata*, "macaco preto", tentaram a mesma escalada, mas Mawá cortou a escada de flechas e os derrubou. Ao tombar sobre as árvores e ficar dependurados nos galhos, se transformaram em macacos. Lá em cima, Mawá plantou roça e cultiva castanha, cujas sementes deixa cair aqui no mundo inferior.

— Teve outro Mawá — contou Mawy, um rapaz de olhos expressivos, acastanhados, brilhantes e voz grave — no tempo em que existiam também muitos *Kinja*. Mas veio o dilúvio e matou todos. Sobrou um casal, Mawá e sua mulher. Já velho, ele acendeu uma grande fogueira e pulou pra dentro dela. Quando o fogo apagou, ele saiu de dentro das cinzas mais jovem e valente. Sua mulher, ao ver que estava diferente, não gostou e chorou muito por ter ficado viúva. Rejeitado, Mawá partiu para sempre e levou com ele o poder de transformar o velho em novo.

Wakpa, que beirava os trinta anos, braços fortes, musculosos, e um jeito acanhado de falar, também interveio:

— Um *Kinja*, ao caçar, ficou escondido atrás do pé de tucumã pra emboscar cotia. O tucumanzeiro disse: "Não é cotia que come minhas frutas, é filha de *Xiriminja*, metade gente, metade bicho. Mora no fundo de rios e lagos e pode ser encontrada no poço." O *Kinja* fez armadilha, pegou *Xiriminja*, tirou osso da coxa dele e fez anzol. Pescou a jovem e levou pra aldeia. *Xiriminja* ofereceu a filha pra casar com *Kinja*. Naquela época, homens eram *emy-my*, "não tinham pau". Mas *Kinja* queria fazer sexo com ela. A jovem falou pra buscar cesto com pau. Ele buscou e, na volta, penteou a vagina dela, retirou escorpiões e outros bichos, e fizeram sexo. Assim nasceu neto de *Xiriminja*. Outro *Kinja*, animado, voltou ao poço pra pescar outra mulher, mas não tomou cuidados e morreu.

Doroteia sabia que bichos peçonhentos presentes na vagina significavam a importância de se lavar antes do ato sexual, assim como pássaros limpam as formigas tucandeiras antes de comê-las, pois cuidam de retirar o veneno.

Wakpa contou ainda que *Xiriminja* ensinou aos *Kinja* cestaria, cânticos, danças e a semear plantas comestíveis. Na época de *tahkome*, "passado remoto", *Kinja* não fazia *maryba*, "festa" ou "canto". Não sabia cantar nem dançar. *Xiriminja* cedeu mulheres aos homens e, na ocasião em que veio visitar o neto caçador, ensinou *maryba* para ser cantado. Enviou recado para pedir que ninguém se aproximasse de seu descendente. Queria ver se ele tinha traços do povo d'água: dedos ligados por uma membrana. Ao chegar à aldeia com o seu séquito de cobras grandes e outros *Xiriminja*, assustou todos. Mas, ao escutar seus cantos e ver sua dança, todos dançaram e cantaram juntos.

Dentro da maloca uma criança muito curiosa e travessa quis conhecer o neto de *Xiriminja*. Ao ver mãos semelhantes aos pés de pato, puxou os dedos e rasgou a membrana. Irado, *Xiriminja* retornou à sua moradia. Por isso, poucos cantos puderam ser aprendidos. Esses cantos e danças são executados no *maryba* de iniciação masculina, mas nenhuma mulher gestante pode participar, para *Xiriminja* não pensar que aquele é o seu neto.

Typaîna, indígena de compleição robusta e olhos rasgados, íris negras como jabuticabas, contou:

— *Asese*, que é gente e bicho, não era parente de *Kinja* não. E matava *Kinja*, matou muitos, muitos. *Asese* falava: "Vamos dançar", aí cantava, cantava, e jogava *Kinja* dentro de buraco. *Kinja* não podia escapar porque buraco muito fundo. Até que *akembehe*, "tatu-canastra", ensinou a seu neto ficar *tyrka*, "forte", pra poder matar *Asese*. O jeito era entrar na dança com ele, mas com atenção de dançar do lado certo, direito; se dançasse do esquerdo, ficaria fraco e seria derrubado por *Asese*.

Typaîna descreveu que *Kinja* vencia por sua esperteza somada à ajuda do *akembehe*, que ofereceu o buraco em que morava como refúgio contra o vento que *Asese* mandava. Após a morte de *Asese*, *Kinja* viveu um tempo com *akem-*

behe, e era bem servido, tinha roça grande de banana com múltiplas espécies. Passado um tempo, *Kinja*, ao revirar os ossos de *Asese*, descobriu sua unha. O *akembehe* colocou na própria mão a unha comprida de *Asese* e, por isso, cava rápido. Mawá, ao ver que *akembehe* já tinha unha, adicionou nariz e rabo. Fez dele tatu-canastra. *Akembehe* disse a *Kinja* que podia voltar para a sua aldeia e levar os ossos de *Asese* para mostrar a todos.

Txamîrî-pa, um dos alunos mais velhos, voz de barítono, ficou de pé e contou:

— Outrora, povo *Kinja* dividido em dois grupos, *Iky* e *Wehmiri*. Os primeiros, pele clara, habitavam cabeceira do rio. Os segundos, pele escura, moravam próximos à foz. Os dois povos vieram do fundo das águas e *Xiriminja* fez se unirem. Assim, formaram povo *Kinja*.

Todos os seres da natureza eram *Kinja*. Um dia choveu pedras como se o mundo fosse acabar. Felizmente havia uma maloca, coberta com pau-d'arco, que suportou o impacto das pedras. Ali viviam várias famílias e, delas, surgiu o povo Waimiri-Atroari. *Kinja* escolhe onde erguer sua maloca e, ao redor, faz o roçado. Além da aldeia, se estende a floresta, perigosa para mulheres e crianças, porque lá habitam os *Irikwa* (mortos-vivos) e os *Iamai* (entidade parecida com morcego), e todos os seres terríveis que se nutrem do sangue e da carne de *Kinja*. Outra entidade, *Ianana,* mora no tronco de angelim. Outrora se alimentava de *Kinja*. Até *Kinja* pôr fogo na moradia de *Ianana*. Seu filho sobreviveu e, levado para a aldeia, o criaram como *Kinja*. Revelou-se exímio caçador.

Todos tinham curiosidade em saber como alcançava tanto êxito nas caçadas.

Foi a vez de Waykyry — mulher de expressão facial altiva e gestos contidos, fala entrecortada — contar sua versão:

— Ianana morava nos troncos das árvores. Matava *Kinja*. Guerreiros decidiram vingar, tocaram fogo nos troncos. Ao voltar pra ver se todos morreram, um filho de Ianana tinha sobrevivido. Alguns queriam matar ele, outros decidiram trazer pra aldeia. Foi criado como *Kinja*. Provou ser bom caçador. Carregava *wiepe*, "cesto", com caça. Quando abria, tinha enorme *mepri*, "anta" ou outro bicho grande. Ninguém acreditava que ele mesmo tinha caçado. Até a mãe duvidou. Um dia, escutou assobio. Descobriu parente *Ianana* que contou a ele toda a verdade de sua origem. Era tia dele, que voltou dia seguinte. Ele foi embora com ela.

Contou também o mito da mulher-papagaio, *Kinja tahkome*, "gente homem". Ao se cansar na busca de caça, *Kinja* parou para dormir um pouco. Um pingo de água caiu em seus cílios. Ao abrir os olhos, havia uma mulher diante dele, *weriri kyrwaky*, a filha do papagaio. *Kinja* se preparava para flechar a mulher, quando o pai dela interveio e prometeu-lhe a filha em casamento. O *Kinja* se casou com a mulher-papagaio e a trouxe para a aldeia. Aqui, *weriri kyrwaky* ensinou a *Kinja* cantos e danças. Passado muito tempo, *weriri kyrwaky* sentiu saudades de seu pai e pôs-se a cantar no roçado para evocá--lo. O marido, desconfiado da artimanha da esposa, matou-a para não deixá-la fugir. Desde então, *Kinja* passou a cantar e dançar todos os *maryba* aprendidos com os antepassados.

7

Ainda era madrugada quando os alunos se reuniram na escola, prontos para caçar. Antes de partir, esfregaram as mãos em um pote repleto de *mapra*, "formigas" tucandeiras, cujas picadas lhes trariam sorte. Apesar da dor, ninguém se queixou. Duas horas depois, regressaram desalentados. Não tinham encontrado caça, nem mesmo de *kiamky*, "tucano", farta naquela época do ano. Atribuíram o fracasso ao fato de nenhum deles ter sonhado com *Xiriminja* ou com o *kwany*, "gavião-real", que sinalizam êxito na caçada. Traziam a respiração ofegante, os olhos miúdos, os pés ardidos, devido ao cansaço pela longa caminhada. Apesar disso, uma hora depois se apresentaram na escola com disposição invejável.

Kinja mudî yapreme, "a nossa gente é dona desta casa" — foi a primeira frase que Mawy, um dos alunos mais aplicados, desenhou e grafou em letras na lousa. Em seguida, escreveu: *Temeretete tahkome yikohinpa tahkome*, "Certa vez, uma onça comeu *Kinja*".

— Conta como aconteceu — pediu Helvídio.

— Depois que onça comeu *Kinja* — disse ele —, ela vestiu seu corpo com pele de *Kinja* e ficou sentada dentro da maloca, como se fosse pai da criança. A criança cresceu sem saber que pai era onça. Pensava ser gente. Um dia, quando criança já era jovem, a cotia contou que pai era onça. Mostrou onde onça tinha comido pai e escondido ossos. O jovem passou segredo ao irmão. Os dois decidiram matar a onça/pai. Mawá levou cabeça da vítima pro céu e, de lá, ela rosna quando o teto do mundo se cobre de nuvens.

— O que a história do trovão nos ensina? — perguntou Doroteia.

— Ensina ninguém ser onça de seu povo — respondeu Xiwya.

Nos quinze meses de funcionamento da escola, com aulas diárias de duas a três horas, não houve uma só evasão de aluno. Ao contrário, outras aldeias, como a Xeri, ao Norte da reserva, e as do Camanaú, no extremo Sul, enviaram novos alunos.

8

No papel que cobria a lousa, Mawy desenhou uma aldeia com muitas pessoas. Disse se tratar da *bahiña-maryba*, "festa das crianças", quando elas são introduzidas na vida adulta. Comunidades de várias aldeias afluíram ao local. Todas dispostas a participar de incessantes danças e cânticos.

Os *paxira*, "visitantes", também chamados de *a-parim*, "cunhados distantes", chegaram pintados à aldeia anfitriã. Traziam em mãos flechas esticadas nos arcos, em clima dramático de agressividade. Havia fartura de carne de caças. Na dança, guerreiros formavam pares e, um à frente do outro, erguiam suas flechas como se fossem lanças, cruzavam e enganchavam as pontas. Cada parceiro puxava a própria flecha contra si e a dupla dançava em círculo para festejar a aliança selada com suas armas de caça e guerra.

Ninguém se sentia obrigado a participar todo o tempo dos rituais. Era livre para se ausentar e tirar um cochilo na rede ou se isolar com um grupo para conversar. As crianças, em algazarra e correrias, ostentavam varas e imitavam o ritual dos adultos.

Em seguida, Mawy desenhou de novo a aldeia. Agora todos figuravam deitados no chão. Ele contou:

— Karabna ya Mudî, "casa feita de folhas de ubim", era aldeia *Kinja* na margem do *umá*, "varadouro" dos brancos, no Baixo Alalaú. Acolhia povo *Kinja* pra festa. Já tinham chegado visitantes do Camanaú e do Baixo Alalaú. Aldeias do Norte vinham a caminho. Com festa começada, muita gente reunida, na hora do sol forte todos ouviram ronco de avião. A curiosidade fez muitos saírem das malocas. A criançada se ajuntou no pátio. O avião baixou, baixou, como gavião-real mergulha do céu pra agarrar presa, e derramou pó. Todos morreram, com nariz e garganta ardidos, e muito calor no corpo. Escapou só Bornaudo. Tuxaua Mixopy vinha do Norte com sua gente. Ao se aproximar, estranhou silêncio. Festa faz muito barulho. No pátio, trinta e três *Kinja* mortos. Bornaudo contou que, de repente, os atingidos pelo veneno começaram a sentir muito calor. Ficaram parados, sem andar nem falar. Quem estava fora da maloca morreu na hora. Quem ficou dentro, morreu devagarinho, sufocado. Era pó branco. Avião rodou muitas vezes. Bornaudo ficou com olho cozido, branco por dentro.

Os mortos no massacre por arsênico não traziam nenhum sinal de violência no corpo. Dentro das malocas, restou grande quantidade de carne moqueada nos jiraus, prova de que tudo havia sido preparado para receber muita gente. O sobrevivente recordava apenas do barulho do avião em voos rasantes por cima da aldeia e da chuva de pó branco.

Ida, menina de olhos castanhos profundos e cabelos brilhantes como casca de açaí, perguntou ao professor:

— O que 'civilizado' joga de *kawuni*, "avião", e queima corpo da gente por dentro?

Disse ter acontecido isso em uma aldeia onde moravam muitos amigos de sua família.

Outros alunos expressaram suas indagações:

— O que *kaminja* jogou do avião e matou *Kinja*?

Wepini respondeu:

— *Kaminja* jogou pó do avião. Queimou garganta e *Kinja* logo morreu.

Os professores, embora desconfiassem de arsênico e Napalm, com muito tato procuravam se furtar a qualquer resposta sobre essas questões. Conheciam a provável reação dos únicos responsáveis pelo trágico destino daquele povo — a Funai e as Forças Armadas.

Mediante desenhos e letras, os alunos apontaram também as armas usadas pelos *kaminja* para dizimá-los: aviões, helicópteros, bombas, metralhadoras, fios elétricos, pacotes de "açúcar" e estranhas doenças. Comunidades inteiras desapareceram depois que helicópteros, carregados de soldados e funcionários da Funai, sobrevoaram ou pousaram em suas aldeias. As notícias dos massacres corriam por todo o povo *Kinja*.

À medida que a confiança da comunidade crescia, Doroteia e Helvídio passaram de professores a confidentes daqueles indígenas impelidos pelo forte desejo de viver. Os alunos questionavam com frequência a razão pela qual *kaminja* matava seus pais, parentes e amigos. Desenhavam cenas: o sobrevoo de aviões e helicópteros; o estranho pó que descia do céu; soldados escondidos atrás das árvores descarregando suas armas. Na escrita ao lado, as perguntas: *Apiyemeyekî*, "Por quê?" *Apiyemeyekî kaminja bakapa*, "Por que 'civilizado' matou?"

Pitxiwa se aproximou da lousa, segurou o pedaço de carvão e se manteve em silêncio por um tempo que pareceu longo. Em seguida, escreveu: *Kaminja mudîtaka notpa, apapa damemohpa*, "'Civilizado' desceu de helicóptero na minha casa, aí meu pai morreu". *Ayakînî damemohpa. Apiyemeyekî?*, "Minha irmã morreu. Por quê?"

Panaxi contou que vivia com pai, mãe, irmãos, parentes e amigos em uma aldeia do Baixo Alalaú quando eclodiu a violência:

— Antigamente não tinha doença. *Kinja* vivia com saúde. Olha 'civilizado' aí! Olha 'civilizado' ali! Lá! Acolá! 'Civilizado' escondido atrás do toco-de-pau! 'Civilizado' matou Maxi. 'Civilizado' matou Seere. 'Civilizado' matou Podanî. 'Civilizado' matou Mani. 'Civilizado' matou Akamamî. 'Civilizado' matou Priwixi. 'Civilizado' matou Txire. 'Civilizado' matou Tarpiya. Com bomba, escondido atrás do toco-de-pau!

— 'Civilizado' corta árvore, fere floresta, faz Mawá ficar de raiva — disse Arpoxî. — Raiva de Mawá provoca trovão, relâmpago, chuva de afogar rios e igarapés, doença e morte.

Contaram que morreram Mepi, mulher de Tuwekra, que tinha ido à festa, e Kroakeba, mulher de Arpaxî, líder da aldeia Monawa. Morreram também a mulher de Mayedo e o seu filho pequeno. Morreu Kramxî, morreram Wîpî e seu marido, Kawawa. Morreu também gente que veio de fora para a festa. Veio do Camanaú. Um velho indígena contou que o bombardeio das aldeias no Abonari aconteceu ao final da festa, quando os participantes ainda não se haviam dispersado. Entre os que morreram estavam Wakiri e Kainã; Txaxirany e a mulher dele, Seere.

— Foi avião que matou. No Camanaú desceram de helicóptero, mataram com espingarda. Agora ali tem pouca gente. *Kinja texiba*, "triste".

Os depoimentos revelavam que os militares não se contentavam em atirar e matar pessoas, também jogavam bombas incendiárias sobre as aldeias.

— Lá no Axya, no igarapé Santo Antônio do Abonari, morreu muita gente de bomba. Também lá *kaminja* aproveitou tempo de festa pra jogar bomba. Povo nosso *kaminja aita'kahapa*, "civilizados mataram" — concluiu Panaxi.

9

Era notório como Afonso se sentia incomodado com a admiração dos alunos pelo casal de professores. Agarrado ao cigarro, perambulava sozinho pela aldeia como se fosse invisível aos indígenas. Sabia-se tolerado, não amado. Investido de poder pela Funai, trazia benefícios à comunidade, como ferramentas e vacinas, sem no entanto merecer a mesma estima que envolvia Doroteia e Helvídio. Filho de senador da base política do regime militar, defendia, convicto, as ações da ditadura: a derrubada de Jango que, segundo ele, livrara o Brasil da ameaça de virar uma gigantesca Cuba; o AI-5, que calara a boca da oposição e deflagrara intensa repressão aos que insistiam em tentar derrubar os militares e resgatar a democracia; a tortura de presos políticos, "terroristas", afirmava ele, para obrigá-los a confessar "seus crimes". E lamentava que, agora, civis voltassem ao poder, exilados retornassem ao país, condenados fossem beneficiados com a lei da anistia. A nova conjuntura lhe atava as mãos para impedir que "o casal de comunistas continue a fazer a cabeça dos índios", conforme escreveu em relatório à Funai.

Ao final de uma das aulas, Afonso abordou Helvídio:

— Você não acha que confunde a cabeça dos alunos?

— Por quê?

— Será que, pra alfabetizar, é preciso levá-los a reviver os sofrimentos que marcaram a tribo?

— Ora, Afonso, nesse trabalho de elaborar o sistema ortográfico *Kinjayara*, Doroteia e eu consultamos renomados miga. Essa a vivência do povo *Kinja* desde que a construção da rodovia BR-174 violou o seu território.

12

O português Frederico Machado, com o irmão e empregados de sua firma de exportação de produtos amazônicos, colhiam castanhas no território Waimiri-Atroari. Acampados à beira do igarapé Santo Antônio do Abonari, ao fim de um dia de trabalho se ocuparam em pescar o que haveriam de jantar. Após capturarem meia dúzia de tucunarés, viram três indígenas se aproximar. Traziam arcos e flechas retesados. Os empregados, assustados, pegaram suas armas dispostos a atirar. Machado os impediu. Os indígenas, ao verem o gesto amistoso, também abaixaram suas armas e entraram no acampamento. Em torno da fogueira, que atraía uma renda sombria tecida de uma infinidade de insetos, comeram à gula tucunaré frito no azeite e batata rústica. Logo apareceram mais Waimiri-Atroari, agora acompanhados de uma mulher e uma criança. Machado abriu um vidro de loção e derramou boa porção sobre os cabelos lisos da indígena que, agraciada, sorria. Em seguida, fitou-a e exclamou:

— *Karanne! Karanne!* "Bonita! Bonita!"
— *Karanne! Karanne!* — ecoaram os indígenas.

No dia seguinte, quando Machado e seus companheiros se preparavam para entrar em uma picada e coletar castanhas, um Waimiri-Atroari apareceu no caminho com o arco e a flecha retesados, em postura vigilante, sem intenção de disparar. Um dos empregados, premido pelo medo, sacou da arma e atirou contra o suposto agressor. Logo surgiram outros indígenas. Machado e o irmão tiveram tempo de correr, embarcar na voadeira estacionada na beira do rio e escapar. Todos os demais foram mortalmente flechados pelos Waimiri-Atroari.

13

Os professores se inteiraram de que trinta e uma pessoas da comunidade Yawara, onde desenvolviam o trabalho pedagógico, eram sobreviventes de quatro aldeias localizadas à margem direita do rio Alalaú e, agora, desaparecidas. A mais velha não passava de 45 anos. E as crianças de quatro a dez anos eram órfãs de pai e mãe acometidos mortalmente pela epidemia de sarampo.

Assim surgiram nas aulas as primeiras notícias, contadas pelos alunos, a respeito de como desapareceram quase três mil *Kinja* em menos de cinco anos. Por trazer na memória a história de seu povo, eles descreviam, em palavras e desenhos, a longa trajetória de sofrimento e resistência da nação Waimiri-Atroari.

14

Graças aos desenhos, Doroteia e Helvídio conheceram a história de Maipá, líder guerreiro que, em 1968, participou do cerco à expedição da Funai chefiada pelo sertanista Vitorino Alcântara.

Pajé e cantador, nascido na região do rio Urubuí, Maipá gostava muito de festas. Sua aldeia foi uma das primeiras a ser atravessada pela BR-174. Nenhum invasor o contatou para informá-lo do projeto da estrada. Dia após dia, a comunidade via a floresta devorada por enormes e barulhentos tratores conduzidos por homens estranhos, com suas cabeças cobertas pelo que se assemelhava a cascos de tartaruga. Por não conseguir detê-los, e não saber o rumo e o objetivo daquela invasão agressiva, Maipá deslocou sua aldeia, sem noção de que, no novo local — Axya, no igarapé Santo Antônio do Abonari —, também haveria de passar o leito da rodovia.

— Maipá *kaminja yamankapî*, "não gostava de civilizado" — disse Erepyry, jovem guerreiro de pele acastanhada que, nos intervalos das aulas, gostava de tocar flauta de bambu. — *Bahpa!*, "Ele brigou!". Quando *kaminja* chegou no Axya, matou eles, e deixou escapar apenas um. Mas *Kinja*, escondido na floresta, acompanhou ele enquanto descia o rio na canoa.

Evidente referência ao massacre da expedição da Funai chefiada por Vitorino Alcântara — e injustamente atribuído à responsabilidade indígena —, da qual se salvou apenas o mateiro Fulgêncio Soares. No resgate dos corpos, os militares afugentaram novamente Maipá e sua gente, que recuaram mais uma vez no rumo Norte, sempre no traçado da estrada. Ergueram a nova maloca no igarapé Monawa, afluente do rio Alalaú.

Maipá, homem de meia-idade, pernas grossas e rígidas apoiadas em pés pequenos, era admirado por seu povo como exemplar discípulo do mítico herói Maña, que comandava os antepassados *Kinja* nos combates guerreiros. Com Maña, os Waimiri-Atroari teriam aprendido a confeccionar diferentes tipos de flechas, feitas de ossos de macaco e anta; escolher a madeira adequada ao arco; e diversas táticas de ataques e emboscadas. E ensinou que flecha não se perde; se quebra, há que consertá-la ou emendá-la.

O líder guerreiro morreu após um helicóptero *kaminja* sobrevoar a aldeia e "Maipá pegar doença". Contudo, sua resistência paralisou o avanço da rodovia por alguns meses. E a memória de seu povo manteve vivos os trágicos acontecimentos precedentes.

15

O ministro do Interior, coronel Costa Cavalcanti, e o presidente da Funai, Queirós Campos, firmaram convênio com o Summer Institute of Linguistics (SIL), representado pelo pastor estadunidense Joseph Tarrio. A entidade, vinculada à Cruzada de Evangelização Mundial, congregava missionários evangélicos estadunidenses, inclusive os filiados à Mepa. As portas de todas as áreas indígenas foram abertas à entidade.

Quase dois anos após o início do trabalho pedagógico na aldeia, Doroteia e Helvídio se sentiram incomodados com a sistemática interferência de Tarrio, cortejado pelo linguistas de universidades brasileiras. Contextualizar as narrativas é muito importante.

O casal contara com a assessoria de professores da Universidade Federal do Rio de Janeiro e da Unicamp. E adotava critérios linguísticos e recursos pedagógicos — como suscitar relatos da história e registrá-los em desenhos — recomendados por especialistas como Paulo Freire.

— Às vezes fico com a impressão de que os índios interferem demais nas aulas e, assim, deixam de aprender o que vocês teriam a ensinar — tergiversou Afonso.

— Queremos a participação deles na elaboração do sistema ortográfico, o que implica não apenas a escolha de um conjunto de símbolos para as unidades fonológicas, mas também uma série de decisões de caráter morfológico e sintático. É um trabalho comunitário, Afonso.

O processo de formatação gráfica da língua nativa exigia análise fonética, fonológica e gramatical. Helvídio cuidava da análise fonológica e da descrição morfológica dos substantivos, e Doroteia, da descrição morfológica dos verbos, acrescentando algo à descrição fonológica e morfológica dos substantivos. A seleção dos semantemas e a análise linguística facilitavam a alfabetização.

Afonso, ao se afastar, levou o cigarro à boca para acendê-lo e sussurrou irônico:

— Paulo Freire...

10

Takwa, pai de Pikibda e tuxaua de aldeia localizada no Médio Alalaú, próxima ao traçado da BR-174, decidiu visitar o Posto de Terraplenagem montado pela Funai em companhia de outros *Kinja* de sua comunidade. Pretendia trocar presentes com soldados do Batalhão de Engenharia de Construção no intuito de pacificá-los. Ao se aproximarem, foram recebidos por rajadas de metralhadora, como ordenava o acordo Funai-Comando Militar da Amazônia, celebrado em novembro de 1974. Uma bala atravessou o queixo de Takwa, saiu pela boca e quebrou-lhe os dentes.

O tuxaua não morreu. Com seu povo, se mudou para a nova aldeia, em Askoya, seis quilômetros ao Norte do trajeto da rodovia, nas cabeceiras do igarapé Kixiwi, que os militares denominaram de Capitão Cardoso. O tuxaua Mixopy reuniu todos os *Kinja* da região do Alalaú para atacar o posto da Funai, mas o próprio Takwa o aconselhou a não revidar.

Mal Takwa havia se instalado com sua gente na Askoya Mudî, um helicóptero sobrevoou a maloca e deixou ali "presentes" estranhos. Logo, os indígenas entraram em agonia e, aos poucos, morreram quase todos, inclusive Takwa.

— Os velhos diziam que *kaminja* arrancaria toda a nossa floresta do chão — contou na aula Anauy, um dos sobreviventes.

Os Waimiri-Atroari tombaram no silêncio da mata e, ali, foram esquecidos no espaço e no tempo.

As festas que reuniam periodicamente os *Kinja* foram a oportunidade para os militares do Parasar aniquilá-los, como fizeram em Karabna ya Mudî e no Abonari. Ao chegarem de volta às aldeias, outras comunidades as encontraram em ruínas, arrasadas pelo fogo. A Funai, ao recolher os corpos de seus funcionários mortos pela resistência indígena, em outubro de 1974, no Posto Alalaú II, aerofotografou diversas aldeias em chamas. Militares e agentes da Funai passaram à imprensa a versão de que os próprios *Kinja* teriam sido os autores dos incêndios... E encobriram a contaminação de aldeias por gripe, tuberculose, sarampo e doenças venéreas, o que ampliou o número de óbitos.

11

Bodanî, jovem de pele reluzente e cabelos lisos, desenhou a aldeia de Tikiriya com o teto da maloca todo perfurado e as paredes arruinadas. Embaixo, escreveu: *Tikiriya yitóhpa, Taboka ikame*, "Tikiriya foi embora. Taboca chegou". *Taboka Tikiriya paktana*, "Taboca ficou no lugar onde Tikiriya morava". *Mudu kererema. Yara woma. Taboka Tikiriya paktana*, "A casa toda furada. Parede caiu. Taboca ficou no lugar onde Tikiriya morava".

A Mineração Taboca explora no território Waimiri--Atroari, na Mina do Pitinga, minerais preciosos, como estanho. Bodanî contou nunca mais ter tido notícias de seus parentes que habitavam junto aos rios Uatumã, Jacutinga e Tiaraju. Disse ainda que a mineradora havia mudado o nome do Uatumã para rio Pitinga no intuito de mascarar a invasão da zona Leste do território *Kinja*. À procura de desaparecidos, prolongadas expedições indígenas investigaram o entorno desses rios e dos igarapés do Alto Pitinga. Nunca os encontraram.

Zomé, de olhos asiáticos, escreveu: "*Kaminja,* 'homem branco', apareceu com grandes máquinas. Revirava árvores. Queria derrubar floresta!"

Damxiri escreveu: *Apapeme yinpa Wanakta yimata,* "Meu pai me abandonou no caminho da aldeia de Wanakta". A frase evocava uma tragédia e também a solidariedade entre o povo *Kinja*. A aldeia de Yanumá, pai de Damxiri, localizada no Baixo Alalaú, sofreu ataque de *kaminja*. Yanumá resistiu, enquanto mulheres e crianças fugiam pelo caminho que conduzia à aldeia de Wanakta, no Alto Camanaú. Mortalmente ferido, Yanumá ainda conseguiu alcançar a mulher e os filhos. Ao desfalecer no caminho, aconselhou-os se refugiarem na aldeia de Wanakta, líder descrito por ele como *Wanakta karanî, xuiyá, todapra,* "Wanakta, um homem bom, bonito e gordo". A aldeia se situava em uma região muito distante do trajeto da BR-174 e dos rios navegáveis. Possivelmente nunca foi vista pelos brancos, e é uma das únicas jamais atingidas pela violência dos *kaminja*.

Pais, mães e filhos mortos. Aldeias destruídas pelo fogo e por bombas. Guerreiros resistindo, enquanto famílias corriam pelos varadouros à procura da mítica aldeia de Wanakta. A floresta rasgada e os rios invadidos por gente agressiva e ini-

2

Sertanista experiente, Alcântara havia participado de aproximações com povos indígenas inicialmente avessos ao contato com brancos. Ao analisar-lhe o currículo, o coronel julgou-o com o perfil adequado à missão. Ainda mais por ter dado provas de conhecer em detalhes a história dos Waimiri-Atroari.

Com pouco mais de trinta anos, barba rala, cabelos pretos em desalinho, o antropólogo reunia todas as características de uma pessoa paciente: fala mansa, gestos contidos, presença discreta, embora autoritário quando em funções de mando. Destacara-se na missão de se aproximar dos Yanomami na fronteira do Brasil com a Venezuela. Ao convite do coronel, impôs como condição formar a própria equipe, o que foi aceito.

Contratou cinco homens e duas mulheres: os mateiros Chico da Lapinha e Fulgêncio Soares, familiarizados com a área do rio Urubu, habitada pelos Waimiri-Atroari, e fluentes no idioma *Kinjayara*; o barqueiro Bonifácio Avelino; o cozinheiro Viriato Brito; e o caçador Olavo Castanheira. Somavam-se a eles a médica Marinalva Bacabal e a radioamadora Severina Aprígio.

Chico da Lapinha, nascido e criado às margens do rio Negro, na localidade de Grotão da Lapinha, aprendera a cozinhar por necessidade. Mais velho de onze irmãos, era de uma magreza esquelética, com a sua pele marcada por protuberâncias ósseas. O pai morrera assassinado ao se recusar a embarcar no caminhão que levaria desempregados para desmatar a área de uma fazenda de gado. Temia cair nas malhas do trabalho escravo. Ao bater boca com o motorista do caminhão que cuidava da empreitada, e manifestar sua desconfiança de que os contratados não teriam seus direitos respeitados, recebeu o tiro que lhe calou a boca e tirou a vida. Chico se viu obrigado a cozinhar para a família, função que o pai exercia, já que a mãe, afetada pela hanseníase na adolescência, tinha os dedos das mãos atrofiados, o que lhe dificultava lidar com facas e outros utensílios culinários. Virou mateiro depois que a irmã mais velha assumiu os afazeres da casa. Ao contrair malária no território Waimiri-Atroari, foi levado pelos indígenas a uma aldeia onde se recuperou à base de ervas. Ali, aprendeu *Kinjayara*.

Bonifácio, nascido em Manaus, desde menino largou a escola para trabalhar em um ancoradouro de barcos da capital amazonense. De baixa estatura e gorducho, trocara as letras pela mecânica. Lidava com motores como um exímio gramático destrincha as regras de um idioma. Como quem vence um concurso de quebra-cabeças, desmontava e remontava motores de empurradores, rebocadores, barcos, lanchas, canoas e batelões.

Viriato se destacava pela irreverência. Tipo debochado, trazia tatuagens de rostos femininos nos braços e uma língua mais apimentada que a sua culinária. Dono de um sorriso permanente, aprendera a cozinhar ao trabalhar de copeiro em barcos que transportavam turistas pelos rios amazônicos. Impressionava quem o visse descarnar um peixe com seus dedos ágeis como um renomado pianista ao teclado, sem que restasse o menor sinal de espinhas.

Castanheira, nascido à beira do rio Iquiri, em Lábrea, no Amazonas, desde menino se embrenhava pelas matas para caçar. O que no início era simples diversão, como capturar tucano, jacu-cigano, arara, papagaio e uirapuru, na adolescência passou a meio de vida ao descobrir que as aves tinham bom preço no mercado clandestino de animais silvestres. Gabava-se de sua boa pontaria, do apurado faro de pressentir a proximidade de antas ou onças-pintadas e do incisivo de ouro implantado em sua boca por um dentista que recebeu, como paga pelo trabalho, couros de jacaré. Preso por comércio ilegal de animais, teve a sentença reduzida pelo juiz que o indicou para integrar os quadros da Funai.

Marinalva, pesquisadora do Instituto de Biologia do Exército, cursara Medicina em Belo Horizonte e trocara o consultório pelo laboratório. Fazia três meses que se mudara para Manaus interessada em fitoterapia. E a potiguar Severina, diplomada em Geografia, trocara a sala de aula pelo radioamadorismo quando o marido, oficial do Exército, fora transferido de Natal para Manaus. Ali ela se incorporara ao 1º Batalhão de Comunicações de Selva.

A presença de mulheres na expedição tinha ainda o objetivo de demonstrar aos indígenas se tratar de famílias imbuídas de boas intenções. As expedições invasoras nunca levavam mulheres. Ao contrário, integradas por garimpeiros ou extrativistas interessados em castanhas, madeiras de lei, peles de jacaré e ariranha, costumavam sequestrar mulheres indígenas para saciar-lhes a voracidade sexual.

A fim de preparar a incursão no território *Kinja*, Alcântara, a bordo do helicóptero e do Aero Commander do Parasar, fez sobrevoos para observar as aldeias. Estimou a população em três mil indivíduos. Em sacos marcados com círculos vermelhos com um ponto preto no meio, jogou brindes para os indígenas.

O coronel deu a Vitorino Alcântara o prazo de seis meses para concluir a missão. Aceitou o desafio, embora consciente de que marcar data-limite era descabido, já que se aproximar de nações indígenas é tarefa que exige paciência e pode consumir anos.

— Acha que a expedição tem chances de sucesso? — perguntou Fontoura ao se despedir do sertanista.

— Acredito que sim, pois sou experiente e estarei em companhia de homens familiarizados com a selva e os índios. Mas a sombra do imprevisível sempre paira sobre expedições pioneiras como a nossa. Nunca se sabe o que passa na cabeça de um Waimiri-Atroari — retrucou cauteloso.

Todos sabiam que fracasso significava a morte dos expedicionários.

— Por que, então, se mostra disposto a assumir um desafio tão arriscado?

— Porque se não assumirmos, os índios serão mortos — respondeu sem, no entanto, explicitar sua desconfiança de que a abertura da rodovia afetaria, inevitavelmente, a sobrevivência do povo *Kinja*.

Alcântara imbuíra-se do propósito de convencer os Waimiri-Atroari a se deslocarem para uma área distante cento e vinte quilômetros do traçado da BR-174, situada entre os superintendente da Funai no Amazonas, Sebastião Pirineu. Tarrio se destacava pelo sotaque carregado, como se a língua lhe embolasse a fala, e trajava sempre modelos safari bege com amplos bolsos laterais. Arvorado na antinomia teórica, questionava alguns grafemas e a metodologia adotados pelos professores, de modo a encobrir seu propósito de vê-los expulsos da área e, assim, ocupar-lhes o lugar.

O casal defendia que diferentes sistemas reconhecem as mesmas unidades fonológicas da língua e se fundamentam em análises preliminares praticamente idênticas. E a ortografia *Kinja* levava em conta os sistemas ortográficos já consagrados em outros idiomas caribe, tais como o *makuxi*, o *wai-wai* e o *tiriyó*.

16

Em dezembro de 1986, o governo federal ordenou a expulsão do casal de professores da aldeia. Doroteia e Helvídio apelaram à Funai e à Mepa. Solicitaram "espaço para um diálogo profícuo sobre a questão da educação para o povo Waimiri-Atroari". Não mereceram resposta. Ele gaúcho, ela catarinense, foram sumariamente proscritos da aldeia e substituídos pelo casal Tarrio. Romero Jucá, que à época ocupava a presidência da Funai, justificou a decisão:

— Helvídio ensinava a língua portuguesa por meio de métodos que pregam a violência contra o homem branco e a Funai.

A incômoda presença do casal havia levado o Exército e as empresas Paranapanema e Eletronorte — invasoras do território Waimiri-Atroari — a exigirem da Funai que o afastasse da aldeia. A expulsão dos professores coincidiu com a celebração do acordo entre a Funai e a Eletronorte, resultando no Programa Waimiri-Atroari (PWA), que passou a tutelar a reserva indígena. Essa iniciativa pioneira tinha por objetivo convencer a opinião pública de que é possível conciliar área indígena demarcada e empreendimentos econômicos.

Capítulo V

1

PREVISTO O AVANÇO DAS OBRAS DA RODOVIA BR-174 DENTRO DO território Waimiri-Atroari para os primeiros meses de 1970, a Funai sugeriu que a aproximação com o povo *Kinja* ocorresse de forma indireta. Melhor evitar ingressar pela região do igarapé Santo Antônio do Abonari, onde os ânimos dos indígenas andavam exacerbados devido à constante movimentação de máquinas e operários em suas terras. A prudência aconselhava a aproximação pelo rio Alalaú, a exemplo do botânico João Barbosa Rodrigues que, em 1884, logrou contato amistoso com aquele povo. Mas, o coronel Fontoura, impermeável ao diálogo, intransigente em suas convicções, persuadiu a Funai a se aproximar pelo Abonari. Missão confiada ao sertanista Vitorino Alcântara.

Formado em antropologia pela Universidade de São Paulo, a vocação de Alcântara havia sido despertada pela admiração que, desde criança, nutria pelos irmãos Villas-Bôas. O sertanista, contudo, em suas atitudes muitas vezes destoava dos lendários indigenistas, tributários dos princípios humanitários do marechal Rondon. De estatura mediana, ombros levemente inclinados para a frente e temperamento afável, embora cabeça-dura em suas decisões, desde que ingressara na Funai não escondia sua aversão ao serviço burocrático. Sentia-se feliz ao se internar na selva, manter contato com os indígenas, andar vestido apenas com um calção e um par de sandálias em telúrica comunhão com a natureza. As cidades o sufocavam, como se a poluição urbana lhe sonegasse oxigênio e comprimisse os pulmões.

Na coletiva de imprensa em Manaus, na véspera de partir para o coração da floresta, perguntado se não temia a violência dos indígenas, Alcântara declarou:

— Os Waimiri-Atroari não podem ser encarados como inimigos do progresso. A resistência é um direito deles, pois a própria Constituição lhes garante a posse daquelas terras. Mas haveremos de convencê-los da importância da rodovia e da necessidade de recuarem suas aldeias para o interior da selva. Índio e progresso não podem ser inimigos.

Tanto ele quanto o coronel Fontoura tinham consciência de que o principal objetivo de abertura da rodovia não era a ligação viária entre duas capitais do Norte do país, e sim a exploração mineral da Amazônia por empresas privadas que abasteciam as contas bancárias de autoridades federais. No entanto, ignoravam que, desde 1967, o major Paulo Cordeiro já havia firmado, em surdina, acordo com os missionários da Mepa para "pacificarem" os Waimiri-Atroari e explorarem seu território.

rios Alalaú e Uatumã, considerada irrelevante à exploração mineral. O que os brasileiros ignoravam — e Thompson e Gibson bem sabiam, graças aos satélites dos Estados Unidos — é que a área prevista ao novo aldeamento escondia vasta concentração de jazidas de cassiterita e metais estratégicos no valor de bilhões de dólares.

3

Em meados de outubro de 1968, a expedição deixou Manaus em barcos rumo ao acampamento-base às margens do igarapé Santo Antônio do Abonari. Levava provisões para alguns meses — alimentos, armas, radiotransmissor-receptor, ferramentas e brindes para ofertar aos indígenas. A intendência do Exército se encarregaria de abastecê-la nos meses seguintes.

Tudo detalhadamente preparado: fotos das aldeias obtidas por sobrevoos; equipamentos transportados pelo Exército; a equipe de radiofonia de Manaus em escuta permanente. No campo de pouso São Gabriel, na altura do quilômetro 137 da BR-174, um helicóptero estaria de prontidão para resgatar os expedicionários a qualquer momento caso fossem acuados ou um deles adoecesse. Alcântara combinara com o piloto um sistema de sinais com espelhos. E a expedição contava com Fulgêncio Soares, mateiro experiente, bastante familiarizado com a floresta, hábil caçador que já havia estabelecido vínculos com os Waimiri-Atroari ao atuar como agente do SNI na demarcação do traçado da BR-174.

4

Na terça, 22 de outubro de 1968, Alcântara comunicou por rádio a Manaus:

— Já instalamos o acampamento-base às margens do Abonari. Ainda não vimos nenhum índio e nenhuma maloca, mas Fulgêncio e Lapinha, que conhecem bem a área, garantem que já ingressamos no território Atroari. Todos mandam abraços, em especial aos familiares que nos acompanham daí do quartel.

No dia seguinte, Alcântara escalou Castanheira para guardar o acampamento e, em companhia dos demais, subiu o rio. Mais um barco, o "Bezerrinho", fretado de um regatão, havia se somado à expedição, o que permitiu distribuir melhor a mercadoria entre as embarcações movidas a motor de popa, entre as quais uma voadeira. Todas traziam no casco o emblema do círculo vermelho com um ponto preto no centro para os indígenas identificarem seus tripulantes e passageiros como os autores dos brindes jogados do avião. Singraram através de sombras entremeadas de clarões ali onde a água refulgia prateada, tocada pelos raios de sol que varavam o cume das árvores. Súbito, escutou-se um ruído estranho.

— Será trovão? Vai chover? — indagou a médica Marinalva.

— Não me parece trovão. São batidas ritmadas. Deve ser os índios batendo tambores parecidos com atabaque — sugeriu Viriato.

Era o *trocano*, um dos meios de comunicação entre as comunidades. Os indígenas, ao perceberem a invasão de seu território, emitiam sinais entre as aldeias ao bater com pau nas sapopemas que abraçam grandes árvores, como a samaúma. O som de alerta reboava pela floresta.

Embora ignorasse o *trocano*, Alcântara conhecia bem outros códigos da floresta. Para os povos que a habitam, os rios são áreas neutras, desde que se permaneça em suas águas e não ouse aportar às margens em atitudes hostis. Cruzar o território de uma nação indígena sem abandonar o leito do rio é como hastear bandeira branca e ficar livre de ataques.

Marinalva se mostrava extasiada com a exuberância da natureza: a imponência das árvores, a sinuosidade entrelaçada dos cipós, a multiplicidade de tons do verde, o coral da passarada, a transparência das águas do rio. Pela primeira vez ingressava na selva amazônica.

— Isso aqui é o útero do Brasil, Alcântara. E também o sonho de todo madeireiro! — comentou. — Uma fonte inesgotável de madeira nobre.

— Se isso não for preservado, no futuro haverá aqui um imenso deserto — objetou o chefe da expedição.

— Desculpe, amigo, mas duvido que isso possa acontecer. Aqui deve ter mais madeira do que gente no mundo.

— Muito mais. O cálculo é de cerca de seiscentos bilhões de árvores, cujas raízes retiram a água da chuva que penetra no subsolo. As folhas processam a evaporação. Uma única árvore frondosa chega a transpirar mais de mil litros de água por dia. Ou seja, a floresta gera vinte bilhões de toneladas de água por dia! Mais que o rio Amazonas, que contém dezessete bilhões. Mas não se iluda, doutora, essa floresta toda é um castelo erguido na areia. O solo é pobre em nutrientes inorgânicos.

— E como se explica essa vegetação tão vigorosa acima desse solo estéril?

— A floresta se recicla. As folhas e os galhos que se desprendem das árvores levam nutrientes ao solo.

Alcântara sabia que a enorme quantidade de matéria orgânica advinda das árvores produzia humo e protegia o solo da erosão e da radiação solar. E a água da chuva, ao escorrer da vegetação, nutria o solo de boa quantidade de potássio e magnésio. Sabia também que, há milhões de anos, a região abrigava um lago, o mar Pebas, que durou cerca de 10 milhões de anos e desapareceu ao irromper a Cordilheira dos Andes. O soerguimento das montanhas pressionou as águas do imenso lago e formou o rio Amazonas.

— E como proteger a floresta da ambição de madeireiros e garimpeiros? — indagou a médica.

— Só há um recurso: deixá-la aos cuidados dos índios. Só eles, que vivem aqui há milênios, conhecem seus segredos. Nós, brancos, queremos dominar a natureza, extrair dela o máximo de proveito financeiro. Os índios querem conviver com ela, se sabem parte dela e, portanto, cuidam de preservar o equilíbrio ecológico, não envenenam águas e terras.

A conversa se interrompeu ao se depararem com duas flechas cruzadas fixadas no tronco de um angelim-vermelho que, imponente, se erguia no meio da selva. Os motores foram desligados.

— Mau sinal, professor — observou Fulgêncio ao apontar a árvore. — É um alerta de que não somos bem-vindos. Melhor seguirmos por terra — sugeriu.

— Sei o que significa, Fulgêncio — reagiu Alcântara visivelmente irritado. — Mas o recado não deve ser pra nós, e sim para os operários da obra da estrada.

— Não é melhor prosseguirmos por terra? — insistiu o mateiro.

— Acho mais seguro pelo rio.

— O chefe manda! Mas conheço bem a área. Logo abaixo tem um varadouro que vai dar na aldeia. Andei caçando por lá ao acompanhar o pessoal encarregado do levantamento topográfico da estrada. Se os índios decidirem atacar, será mais fácil escapar pela trilha que pelo rio.

O sertanista se manteve firme:

— Não viemos até aqui pra fugir. E se tentarmos, os índios nos alcançarão de qualquer maneira, por água ou por terra. Ir por terra é invadir o território deles. Já o rio é zona neutra. Aqui não nos atacarão.

Súbito, foram todos surpreendidos por uma revoada de borboletas-azuis. Desligaram os motores com receio de que o ruído as espantasse. Qual um tapete mágico, a panapaná declinou para a direita, aprumou-se na dianteira e curvou-se à esquerda para desaparecer na mata.

Pouco adiante, Alcântara sacou o revólver calibre 38. Deu a impressão de que iria atirar em algum animal que os demais não tinham visto. Ergueu o braço direito e disparou três vezes para o alto.

— Ficou maluco, doutor! — disse Bonifácio, espantado.

— Pra que gastar munição?

— Pra sinalizar aos índios que estamos ingressando no território deles — justificou-se. — Entrar sem aviso prévio é correr o risco de sermos tidos como invasores.

Fulgêncio interveio:

— Me desculpe, professor; assim o senhor espanta os Atroari.

— Sei o que faço, Fulgêncio. Não queira me dar lição de como lidar com índio.

Exceto as flechas cruzadas e as batidas do *trocano*, a expedição retornou ao acampamento sem sinal dos indígenas. À noite, ao som estridente do coaxar de rãs e do cricrilar de grilos, Alcântara informou a Manaus terem entrado no território Waimiri-Atroari. E que, na margem esquerda do igarapé Santo Antônio do Abonari, avistaram uma maloca semidestruída por incêndio e um porto com ubás.

— E tem ideia de como a maloca pegou fogo? — indagou o coronel Fontoura.

— Talvez atingida por um raio. Ou quem sabe queimada por um dos jiraus acesos dentro dela.

— Estão se alimentando bem?

— Hoje, diante do porto dos Atroari, almoçamos postas de matrinxã com farofa de castanha e pupunha. De sobremesa, cumaru. Banquete preparado pelo *chef* Viriato.

— E nem sinal dos índios?

— Vimos dez ubás ao percorrer o rio. Mas nenhum índio. De qualquer modo, é sinal de que estão por perto. Disparamos tiros para marcar presença, mas nossos anfitriões ainda não deram as caras.

— Tiros? — reagiu Fontoura. — Isso não seria imprudente? Como os índios podem acreditar que se trata de uma aproximação amistosa se utilizamos armas de fogo?

— Calma, coronel, sei o que faço — concluiu Alcântara.

As condições climáticas surpreenderam. As fortes chuvas, previstas para o final de novembro, se anteciparam naquele ano. O dilúvio vinha dos contrafortes da Cordilheira dos Andes. O prenúncio do verão derretia as montanhas de gelo. As densas nuvens, formadas pela evaporação intensa, se desfaziam em agulhas de cristais, engrossavam o leito dos rios, transbordavam lagos, inundavam as margens, cobriam os chavascais. Igapós se desdobravam para todos os lados e escondiam as veredas. O que se via era um emaranhado de galhos retorcidos boiando sobre o lamaçal. A vegetação, empapada de água, parecia chorar silente a excessiva umidade que ameaçava apodrecê-la. A fúria das tempestades desfigurava o curso das águas, engolia praias e afogava as raízes de gigantescas árvores que, agora, pareciam entregues a um balé aquático ritmado pela trovoada incessante. Quando estiava e o sol prateava a superfície do infinito lago amazônico, o reflexo de folhas, galhos e troncos espelhava a beleza viçosa da natureza.

5

Castanheira sugeriu a Viriato pescar um pirarucu, assim teriam carne para vários dias. Animado com a sugestão, o cozinheiro se encaminhou à várzea do igarapé, onde haveria mais possibilidade de encontrar o peixe. No anzol, prendeu uma tuvira como isca e se enfiou na várzea até a água tocar-lhe os joelhos. Atirou firme o anzol a uma distância de três a quatro metros. Não foi preciso esperar muito. Pouco depois, um enorme pirarucu emergiu das águas, exibiu o brilho de seu dorso verde-escuro, sugou ávido o oxigênio e afundou, desaparecendo aos olhos de Viriato. Não demorou, o pescador sentiu o repuxar da linha e a vara envergar. Esperou que o peixe sugasse a presa para, em seguida, rodar a carretilha e dar um puxão, de modo a cravar o anzol na boca do pirarucu. A superfície da várzea assossegou, como se o animal estivesse paralisado sob a água barrenta. Súbito, emergiu na vertical a metade do corpo, abriu a boca, como se a dor lancinante o fizesse gritar além da frequência captada pelos ouvidos humanos. Ao submergir, o pirarucu arrastou Viriato para dentro da água. Tomado pela aflição, o cozinheiro tossiu nervoso o líquido que havia engolido e se agarrou firme à vara para que o peixe não a arrancasse de suas mãos. Sentia o fio de náilon repuxado pela mandíbula voraz do pirarucu. De novo, o animal veio à tona num impulso estabanado, entregue a uma dança agitada entre a vida e a morte. Viriato conseguiu arrastá-lo para mais perto de si e, ao tentar abraçá-lo, teve as costas fortemente golpeada pela lambada da cauda avermelhada do peixe. Com o choque, a vara lhe escapou das mãos, engolida pela água escura. A calmaria tomou conta da várzea, enquanto os olhos do pescador miravam interrogativos o ponto em que avistara sua presa pela última vez. De repente, o pirarucu irrompeu majestoso, como a celebrar sua vitória, abasteceu-se de oxigênio e se deixou tragar pelas profundezas, nadando na direção contrária à de seu algoz.

Viriato retornou ao acampamento de mãos vazias.

6

Fulgêncio observou Severina se afastar sozinha pela trilha que conduzia à praia do rio. Caminhava cabisbaixa, olhos voltados às formigas que recobriam a senda em incessante atividade de recolher e transportar fragmentos de folhas.

Há dias o mateiro andava inquieto, faminto de fêmea, instigado por fantasias que lhe povoavam a mente e atiçavam o corpo. A boca de Severina, a pele bronzeada de Severina, os seios de Severina, as pernas de Severina, a bunda de Severina, tudo nela lhe ouriçava todo. A excitação cegava-lhe a razão. Convencera-se de que, à atração recíproca, faltava apenas o conluio da oportunidade.

Esgueirou-se entre as árvores ao encalço da radioamadora. Imaginava vê-la se despir e mergulhar nas águas límpidas do Abonari e, tão sedenta de sexo quanto ele, haveria de recebê-lo como uma grata surpresa. Encontrou-a sentada em um galho tombado de cupiúba à beira de um igapó atapetado de vitórias-régias. Apoiava o queixo no dorso da mão direita e contemplava, pensativa, a beleza das flores gigantes.

— Posso fazer companhia? — indagou em tom insidioso.

Ao erguer a cabeça para fitá-lo, a mulher se contraiu toda. Pressentiu o perigo.

— Posso me sentar do seu lado?

— Quem sou eu para impedir — resmungou ela.

— Quando olho essas vitórias-régias me lembro das índias que, à noite, ficavam sentadas, como você agora, à beira do lago para contemplar a lua — disse Fulgêncio. — Elas admiravam o céu coalhado de estrelas e sonhavam que, no futuro, também seriam pontos brilhantes em torno da lua refletida na superfície da água. Naia, a índia mais jovem e sonhadora de todas, decidiu subir num angelim-vermelho para tocar a lua. Por mais que estendesse as mãos lá do topo da copa, não conseguia tocar a lua. Então convocou as amigas para subirem no alto de uma montanha e, dali, tocar a maciez aveludada da lua. Ao atingir o pico, ficaram decepcionadas, a lua continuava fora do alcance delas. Naia, no entanto, não desistiu. Na noite seguinte, deixou sozinha a aldeia e se dirigiu às águas negras do Amazonas. E, ao chegar lá, viu a lua descansando calmamente no leito do rio. Naia acreditou que ali estava a própria lua se banhando. Fascinada, mergulhou ao encontro dela. E nunca mais foi vista, porque a lua, encantada com o amor daquela jovem, fez ela virar uma vitória-régia, a maior flor da Amazônia, que solta um perfume delicioso e, à noite, abre suas pétalas para que sejam beijadas pelo clarão da lua. Conhecia essa história, Severina?

A mulher não reagiu, trancada em seu mutismo. Fulgêncio também se calou, embora disposto a não entregar os pontos. "De tão denso, esse silêncio entre nós poderia ser cortado por uma motosserra", pensou Severina. Pouco depois, o silêncio foi quebrado pelo ruído do borbulhar das águas e o assovio melódico de um uirapuru escondido na folhagem de uma castanheira.

— Ouviu? Até o rei do amor saúda o nosso encontro — atreveu-se ele. — Sou um homem livre — completou com ironia.

Severina se virou para ele. Tinha o rosto crispado.

— Eu não, Fulgêncio. Sou mulher devotada, tenho marido e filhos.

— Nem por isso deixa de ser mulher. E gostosa.

Severina ficou de pé, contrariada, e bateu com as mãos no fundilho da calça de sarja bege, disposta a retornar ao acampamento.

— Zangada só porque fiz um elogio? Não quer conversar um pouco? Ouvir outras lendas?

— Eu já estava conversando e você veio interromper.

— Conversando com quem?

— Com Deus e as flores — disse ao se afastar.

7

Na noite de quinta, 24 de outubro, Alcântara fez novo contato com Manaus:

— Hoje de manhã navegamos bastante na expectativa de encontrar algum índio. Não tivemos sorte. Eu e os mateiros estamos convencidos de que os Atroari nos observam às escondidas. De novo, atirei para o alto para marcar presença.

— Não acha que tiros podem assustar os índios? — insistiu Fontoura.

— Penso que não. É melhor adverti-los de nossa proximidade. Podemos ser confundidos com garimpeiros ou seringueiros. Por isso, evitamos entrar pelo varadouro. Temo que reajam por violação de território. O melhor é nos aproximar através da zona neutra, o rio. Hoje cedo entramos por um igarapé que desembocou num chavascal. Um verdadeiro labirinto. E o motor de um dos barcos deu pane. Apesar da falta de recursos, conseguimos fazê-lo funcionar graças às habilidades mecânicas do Bonifácio. Tenho esperança de logo contatar os Atroari. Como sei que vai dar tudo certo, guardo o pessimismo para dias melhores — sentenciou.

Naquela semana, o major Cordeiro avisou ao pastor Gibson, por rádio, que a expedição comandada por Vitorino Alcântara já se encontrava em território Waimiri-Atroari. Convinha agir rápido.

8

No sábado, 26 de outubro, Alcântara informou haver avistado outra maloca Waimiri-Atroari — uma construção arredondada, feita de troncos fincados no chão e com duas portas. Tinha as paredes forradas com paus roliços e folhas de paxiúba. Entre as paredes e o telhado cônico, de palha, uma abertura facilitava a circulação do ar. E descreveu os problemas da expedição:

— As dificuldades se multiplicam. Transportar equipamentos em pântanos e chavascais, debaixo de chuvas torrenciais, não é nada fácil. Conseguimos acampar próximo a uma aldeia. Agora é encontrar a oportunidade de efetivar a aproximação. Estou seguro de que os índios já nos viram e, se até agora não reagiram com hostilidade, é sinal de que somos bem-vindos.

Despediu-se em tom tranquilizador:

— Podem confiar, sou calejado em lidar com essas tribos.

Na manhã de domingo, 27 de outubro, quando a expedição se preparava para aportar à boca de um varadouro, dez indígenas apareceram na margem do rio. Todos homens, em postura altiva, traziam em mãos seus arcos e flechas. Não pareciam receptivos nem hostis. Seus corpos não tinham pinturas. Davam a impressão de curiosos. Receberam Alcântara e seu grupo em silêncio e os conduziram até a aldeia.

No caminho, Bonifácio, temeroso, puxou Fulgêncio de lado, pelo braço, e cochichou-lhe ao ouvido:

— Você que conhece essa gente, acha que nos recebem como amigos ou vão dar cabo de nós ali na frente?

— Pelo jeito não têm a intenção de nos fazer mal. Se quisessem, já teriam nos furado de flechas na beira do rio.

Quase uma centena de indígenas da aldeia Axya deu à expedição uma acolhida amigável. Alcântara reparou que tinham pele castanha, cabelos lisos e pretos, e os homens chegavam a medir, em altura, um metro e oitenta ou mais. Tanto homens como mulheres raspavam os cabelos da cabeça três dedos acima das orelhas.

As crianças não tiravam os olhos das mechas louras de Marinalva que, expostas ao sol, sem sombras da vegetação, ganhavam coloração dourada mais nítida. A dupla de indígenas que tocava flautas de taboca e maracá interrompeu a música à chegada dos forasteiros.

Por ordem do *mîdiyapîrem*, "chefe da casa", ou tuxaua, a eles foram servidos *xipia*, "mingau", de *woky*, "banana", e beijus. Curioso, Alcântara se descolou do grupo e, sorrateiro, se acercou da porta da maloca. Queria ver como as famílias se distribuíam ali dentro. Foi retido por um indígena com um gesto óbvio de que a entrada não lhe era permitida. Desapontado, recuou.

Ao abrir as duas sacolas de presentes, Marinalva e Severina suscitaram a curiosidade dos anfitriões. Ao ver o que continham — facões, terçados, serrotes, fósforos, panelas e outros brindes —, se agitaram e avançaram sobre as sacolas. Alcântara se interpôs entre eles e as duas mulheres para impedir o saque. Com a ajuda de Fulgêncio, fluente em *Kinjayara*, pediu calma, no que foi atendido. Em seguida, distribuiu o conteúdo de uma das sacolas. E avisou:

— Se ajudarem a descarregar os barcos, darei mais presentes.

E sussurrou à médica:

— Assim eles se ocupam e ficam mais calmos.

Um grupo de jovens indígenas se apressou em trazer à aldeia caixas e equipamentos. Orientados por Alcântara, limparam uma área de mato e construíram um barracão. Instalaram a antena de rádio e puseram em funcionamento o gerador.

Ao entardecer, os indígenas ofereceram aos visitantes panelões de bebidas feitas de milho e mandioca, e pirarucu cozido. Marinalva observou alguns homens acompanhados de duas ou três mulheres, enquanto a maioria demonstrava ter uma só. Com a ajuda de Fulgêncio, perguntou se um homem podia ter várias esposas.

— Tarahña, três mulheres — disse Wara'yo, *mîdîyapîrem*, "chefe da aldeia", ao apontar um indígena. — Bom caçador. Paruwá, uma mulher — observou ao apontar outro. — Ter muitas mulheres cansa muito. É caçar todo dia.

Wara'yo explicou que, entre os *Kinja*, é comum a poliginia. As mulheres, entretanto, são livres para manter relações sexuais com outro homem que não seu marido. Se este se sente ofendido ou magoado, e deseja se divorciar da esposa, então rasga a rede de dormir dela, o que a obriga a dispensar tempo e esforço para recosturá-la. Contudo, não costuma haver divórcios entre casais com filhos. E quando há, em geral é por iniciativa da mulher, que acusa o marido de *panema*, "mau caçador ou relapso no desempenho sexual".

No início da noite, a segunda sacola de presentes foi aberta.

— Este o pagamento pelo trabalho de vocês por nos ajudarem a montar o acampamento — disse Alcântara, convencido de que sua pedagogia evitaria que se portassem como meros "aproveitadores".

Severina abriu um pacote de caixas de fósforos e deu duas a um deles. O indígena, não satisfeito, tentou pegar todo o pacote, mas Alcântara interveio a tempo. Aborrecido, o prejudicado estalou os dentes e bateu com as mãos nas nádegas. O sertanista, convencido de sua supremacia, não parecia preocupado. Afagava o rosto de seus anfitriões e sorria sem parar.

— Nossa melhor arma é o sorriso — comentou com Severina que, ao seu lado, continuava a segurar a sacola, agora com o zíper fechado, e da qual os Waimiri-Atroari não tiravam os olhos.

— Não devemos dar nada a eles — disse Alcântara. — Eles têm que se sentir premiados por colaborar conosco. Vão acabar entendendo que somos superiores.

O chefe da expedição não se deu conta de que os indígenas não viam os "civilizados" como superiores, e sim como outro povo, outra nação, com idioma e costumes diferentes.

Severina observou que a nudez masculina era quebrada apenas por uma cinta feita de cipó-titica, que também servia de suspensório peniano. Balaios, cestas, tipitis e peneiras, tecidos com palha de tucum e cipó-titica, diferiam dos cestos maiores, os *jamaxis*, feitos de tala de arumã e cipó-de-timbó, e com alças para ser prendido no peito e na cabeça. As panelas eram de barro cozido.

Com a ajuda de Fulgêncio, Alcântara explicou à comunidade que o povo da cidade pretendia abrir um imenso varadouro que atravessaria o território Waimiri-Atroari. Mas, todos os cuidados seriam tomados para não transtornar ou prejudicar a vida deles. Melhor seria transferirem suas malocas para locais distantes do traçado da rodovia.

Makoaka, que até então se mantivera calado e um tanto arredio, se aproximou. De corpulência troncuda, mãos carnudas com dedos roliços, o tuxaua transmitia uma seriedade que parecia constranger seus interlocutores. A cabeleira rala deixava entrever a calvície em expansão. Disse estranhar muito o comportamento dos brancos. Por que fazer obras sem consultar os povos da floresta? Não entendia por que abrir em suas terras imensos varadouros.

— Se permitir seu povo fazer isso, vai derrubar floresta, inundar mato, sumir igarapés, sujar rios. A floresta é viva, não é nossa, nós somos dela. É viva como nós, sente como nós, ri como nós, chora como nós. O vento assopra sua flauta entre árvores, a floresta dança; árvores abrem seus braços e elas se abraçam alegres. Essa música não vem da boca do homem, do instrumento do homem, vem das águas dos rios, do canto dos pássaros, até da marcha miúda das formigas. Apesar de ter olhos abertos, homem branco não enxerga. Não vê floresta dançar, não ouve música soar, não sabe diferença entre macaco-prego e mico-de-cheiro. Por isso, homem branco derruba floresta, faz passar estrada por cima, joga veneno nos rios, cava chão, esburaca tudo para arrancar o que terra guarda no ventre. Homem branco é aqui e, floresta, lá. Para nós, floresta aqui e nós aqui. Uma só coisa, família. Se floresta fica alegre, nós também alegres. Se dói na floresta, dói em nós. Desde sempre vivemos aqui.

9

No dia seguinte, ao ver o grupo da Funai se ocupar com a montagem do acampamento, os Waimiri-Atroari se mostraram novamente dispostos a ajudá-los. Marinalva se entreteve com Wahery que, com pleno domínio da mata, conhecia todos os vegetais curativos. Mulher esguia, Wahery tinha porte de bailarina. Os dedos longos das mãos pareciam de uma suavidade ímpar, a ponto de suscitar uma ponta de inveja na médica. Enquanto Marinalva anotava, a indígena exibia-lhe raízes, folhas e ramos, e explicava que *jiby* alivia dor de dente; *maty bixi*, dores externas; *kysepe bixi* se esfrega na testa para tirar *etypa*, "febre"; *kawyxixi* é utilizado na gripe e com *kiowyry* se faz infusão da casca para cortar a tosse. *Kijamykysee* é bom para ferimentos e, caso haja infecção, aplica-se infusão de casca de *karaxymija*. *Tykyma mariri* serve para cortes infeccionados e picadas de cobra. Do fruto do buriti e da entrecasca da *axa* preparam-se *mixikany* e *xipija*, bebidas rituais de festas. Fazem fogo com *warywara*. Das folhas de *paxij'y* obtêm sabão, e do azeite de *patwa*, xampu. Do cipó *syw'a*, veneno para a pesca; e das sementes do *mixi*, sal.

— Mas melhor sal é *bamy*, feito de mistura de *mixba*, "caroço de buriti"; *patwa*, "patuá"; *wy'*, "ubuçu"; e folhas. Tem que queimar tudo e cozinhar até água evaporar. E guardar na casca de castanha. É bom também pra cicatrizar ferida.

Wahery apontou a horta.

— Isso é *karaxmia*, pra pessoa ficar livre de *iawei*, "doidice", e cabeça sarar. — E perguntou: — Por que *kaminja* pesquisa remédio *Kinja*? *Kinja* não viaja pra saber remédio *kaminja*.

Impressionada com a farmacopeia indígena, Marinalva não prestou atenção na pergunta. Mas se dava conta de que ali se encontrava a matéria-prima oferecida gratuitamente pela natureza e apurada como remédio pela sabedoria dos povos originários. Sabia que era assim que os laboratórios acumulavam fortunas: patenteando e industrializando as dádivas da natureza, transformando-as em drágeas, pastilhas, xaropes e pós prescritos por médicos que, muitas vezes, debochavam dos conhecimentos indígenas.

Wahery se indagava por que a médica tinha interesse nas ervas da selva se não pretendia se instalar ali nem cultivar na cidade plantas medicinais. Contudo, Marinalva manifestou seu interesse como pesquisadora de produtos naturais, dos efeitos colaterais de remédios industrializados, e confessou--lhe o desejo de encontrar alguma mezinha que a fizesse engravidar.

— Você sonha? Tem que sonhar. Se sonhar menino, vai nascer menino; se sonhar menina, nasce menina. Sonho abre contato com *Irikwa*, "espírito da floresta". Você fala de nascer. E o morrer? Morte não silencia mortos. Falam pelos sonhos. Yeuvy morreu jovem, picado de cobra. Todos na aldeia caíram em tristeza. O *Irikwa* de Yeuvy me apareceu em sonhos. Se tristeza durasse, avisou, levaria mais um. Todos deveriam voltar à alegria. Assim foi. E logo viúva de Yeuvy encontrou novo marido.

Wahery explicou que quando a pessoa morre o espírito vai para Mawá. É preciso fazer ritual xamânico para o *akaha*, "a alma", do falecido subir à aldeia dos mortos, enquanto seu *Irikwa*, "morto-vivo", vaga pela floresta. O *Irikwa* é ruim, feio, cabeludo, magro, e tem chifres. Ao chegar ao céu e se acostumar com o mau cheiro da aldeia dos mortos, o *akaha* da pessoa se casa, bota roça, canta, leva vida semelhante à que desfrutava quando vivia aqui embaixo.

Disse ainda que *kraiwa iabrymy*, "xamã", preside os rituais. Só ele tem poder de entrar em contato com o invisível. Destemido, é o único capaz de caçar sozinho. Conhece todas as plantas e faz curas. Sabe o porquê das coisas. Quem não é xamã não pode ficar sozinho, senão vira *Irikwa*.

— Agora quase não tem *kraiwa iabrymy*. Quase ninguém mais sonha. Jovem Warsanî contou sonho que ele e Kibine saíram pela floresta pra caçar passarinhos. De repente, viram muitos *kraiwa*. Ficaram com muito medo, choraram. Mas Warni não teve medo quando *kraiwa* apareceu a ele. Conversou com eles. E deles recebeu poder de ser xamã.

Após Wahery apresentar Warni a Marinalva, o *kraiwa iapremy*, "dono dos espíritos", a convidou a presenciar o ritual xamânico na noite do mesmo dia. Terminado o jantar — carne de jacamim cozida no leite de castanha e vinho de *wesil manaka*, "açaí" —, o xamã, munido de arco e flecha, e com a cabeça coberta por *beri*, cocar de penas de gavião-real e *maba*, "arara", enfiou-se na mata, perto do roçado da aldeia. De um pote de barro fumegava *waraa*, "breu", repelente de *Irikwa*, "espíritos ameaçadores". Os indígenas, enfileirados em meio círculo junto à horta, ficaram todos de olhos na escuridão que engolira Warni. Como "dono de espíritos", ele deu voz a vários *kraiwa*, enquanto os demais escutavam o que ele dizia, ora em voz alta, ora em sussurro. Chorava, ria, cantava, respondia perguntas do grupo, acolhia pedidos, fazia pausas de silêncio, voltava a falar, muitas vezes em diferentes tons. Quando aparecia na franja da mata, esmurrava o peito, batia os pés, movia o arco e a flecha com os braços erguidos, demonstrava ira ou se esvaía em gargalhadas. E brincava com os espíritos: "É bom mesmo fazer isso, senão corto seu pescoço", disse ao provocar risos dos que o observavam.

Wahery explicou à Marinalva que Warni se misturava às entidades, tornava-se uma delas, e conversavam entre si. Em seguida, o xamã falou e agiu como se já não fosse ele, e sim uma criança, um velho, uma mulher, outro homem. Ao final, fez a interlocução entre a plateia e os espíritos. Os indígenas identificavam os espíritos, todos *Kinja* já mortos que, pela boca do Warni, diziam seus nomes, idades e feitos. O xamã conversou com Euaié, falecido há um mês de flechada. Pairava a dúvida se havia sido assassinado. Esclareceu que não. Confirmou que, ao caçar, tropeçou por acidente em uma raiz de castanheira e tombou sobre a ponta da flecha. Agora morava em outra aldeia e já tinha encontrado uma nova mulher. Já se acostumara aos novos companheiros que, no início, "fediam muito".

Os que assistiam ao ritual faziam perguntas ao xamã sobre acontecimentos do passado, do presente e do futuro. Warni preconizou que uma criança nasceria, fez previsões meteorológicas, tratou de tabus alimentares e regras de casamento. E decifrou acontecimentos estranhos.

Através do xamã, os espíritos dramatizaram dois indígenas que brigavam pela mesma mulher, mas ela não queria saber de nenhum deles. Ninguém entendeu o recado, exceto os três envolvidos, a mulher e a dupla de pretendentes. A plateia manifestou preocupação com a diarreia que acometia várias crianças na aldeia. Os espíritos prescreveram ervas e frutos.

Ao sair da mata, Warni disse a Marinalva que encontrara lá muitos espíritos, uns *taha*, "grandes", outros *bahnja*, "pequenos", mas todos armados com *pyrwa*, "flechas".

A médica teve forte pressentimento de que Wahery não lhe dizia tudo. O silêncio Waimiri-Atroari lhe soava como um fator de defesa étnica. As palavras são preciosas e não devem ser desperdiçadas. Em todas as conversas dos expedicionários com os indígenas brotava a mesma sensação, a de que faziam de seus segredos uma trincheira de resistência. Se lhes era indiferente o pudor do corpo, tão acentuado entre os brancos, a nudez do espírito merecia ser cuidadosamente preservada. Sabiam que a boca é o limite da alma e, ali, mantinham um selo indelével a respeito de seus valores, costumes e práticas.

A conversa foi interrompida à chegada de Makoaka, acompanhado de vários indígenas. Trazia carne cozida de *iakre*, "jacaré", e bananas. O tuxaua se aproximou de Alcântara e, em sinal de amizade, enfiou na própria boca o dedo indicador da mão direita, revestiu-o de saliva e levou-a à boca do chefe da expedição. Em seguida, retirou saliva da boca de Alcântara e colocou-a na sua. Embora enojado, o sertanista se mostrou contente com o gesto de confiança.

O tuxaua apontou os arcos e as flechas carregadas por seus parceiros. Deu a entender que gostaria de fazer trocas. Alcântara se fez de desentendido. Continuava convencido de que os presentes trazidos deveriam servir para compensar o esforço indígena.

10

Castanheira encompridou olhos para uma adolescente. A delicadeza dos seios, os cabelos pretos e lisos, os olhos repuxados, o púbis bem torneado suscitaram-lhe quimeras. Andava a secas. Meses atrás, ao passar oito semanas mergulhado na selva contratado por traficantes de peles de onça e jacaré, o coração de sua mulher bandeou no rumo de um colega de trabalho em lanchonete de Manaus. Aceitara integrar a expedição na esperança de aliviar a dor de coração. Carecia de afagos, afogar-se em beijos, dessedentar-se nas sinuosidades de um corpo feminino, esvair a pulsão erótica que lhe sufocava a alma e inebriava a imaginação.

Convencido do sinal de boas-vindas, Alcântara expressou o desejo de visitar a aldeia principal. O tuxaua nada disse. Pouco depois, o chefe da expedição tentou, de novo, ingressar na maloca. E de novo um indígena, irritado com a tentativa de intromissão, o repeliu bruscamente.

Fulgêncio se afastou do grupo, puxou o tuxaua pela mão e o alertou:

— Chefe da Funai é *marupá*, "não presta". Se não for eliminado, vai trazer doenças que matarão vocês.

Makoaka permaneceu recolhido ao silêncio, pensativo. Olhou para o alto ao ouvir o rufar de asas de jacus que se deslocavam da copa de uma árvore a outra. Pouco depois, autorizou os *kaminja* a visitarem a maloca. Alcântara observou o interior dividido entre espaços ocupados por cada família. Viam-se, em cada divisória, objetos como arcos feitos de miolo do pau-d'arco, flechas, cestos e *maqueras*, e redes de dormir muito resistentes, confeccionadas com fibras de *mixi*, "buriti", ou tucum em formato de malhas. E uma fogueira permanentemente acesa para cozinhar, espantar mosquitos e aquecer o ambiente nas raras noites de frio. Reparou ainda no variado material para confeccionar flechas, sinal de que os Waimiri-Atroari se preparavam para a guerra.

À noite, comunicou a Manaus que a equipe conseguira, afinal, ser convidada a ingressar na maloca. E reparara que os Waimiri-Atroari cuidavam de ampliar o seu arsenal, com certeza em represália à abertura da rodovia em suas terras. Contudo, ainda não obtivera permissão para conhecer a aldeia principal.

Fontoura recebeu as notícias com inquietação. Sabia que, nas obras da estrada, operários e soldados ameaçavam debandar por medo dos indígenas. Precisava fazer os trabalhos avançarem e começava a se perguntar se, para amansar os indígenas, teria que lançar mão dos mesmos métodos adotados para varrer a guerrilha comunista da região do Araguaia.

11

Alcântara ignorava que ele e seus parceiros não eram os únicos interessados em contatar os Waimiri-Atroari. A equipe Wai-Wai da Mepa também se movimentava. Em julho, uma aeronave do Asas da Salvação sobrevoara a região para registrar o número de malocas no percurso da BR-174.

12

Na terça, 29 de outubro, cinco indígenas, chefiados por Makoaka, chegaram ao acampamento da Funai à hora do almoço. Traziam de presente carne de tatupeba embrulhada em folhas de bananeira e um pote de jejús pescados naquela manhã. Viriato, o cozinheiro, havia preparado capivara na brasa com pimenta jiquitaia. Chico da Lapinha contou, em expressões *Kinjayara*, que eles não tinham dormido bem à noite, porque a chuva alagara a barraca dos homens. Makoaka falou:

— Antigamente não havia noite. Fazia sempre dia. Tudo era luz e claridade na aldeia e na floresta. Homens e mulheres caçavam e trabalhavam sempre, não havia noite. O sol andava até o poente e voltava ao nascente. Mawá controlava astros, não permitia ninguém ficar próximo deles. Certa vez, um homem quis saber como sol funciona. Esperou Mawá sair pra caçar e foi ficar bem próximo do sol. Ao tocar nele, o sol quebrou. A noite surgiu, engoliu tudo. Homens que caçavam na mata ficaram perdidos na imensidão do escuro. Mulheres não conseguiam encontrar redes dentro da maloca. Crianças e velhos lamentavam fundo da noite sem luz. Mawá voltou pra consertar sol. Ao ver o homem que havia quebrado, Mawá avançou sobre ele e deu nele um forte empurrão. Ao cair, homem virou macaquinho-mão-de-ouro, escuro como noite e mãos douradas como sol que havia tocado. Não foi possível consertar sol pra funcionar como antes. Sol caminhava para o poente, mas não conseguia voltar, sumia no horizonte, deixava mundo na escuridão. Na ausência de sol, Mawá então fez lua e estrelas para iluminar um pouco a noite. Assim até hoje.

Viriato parou no ar o facão com o qual retalhava a carne de capivara, ajeitou o boné na cabeça e comentou com sorriso debochado:

— Mawá podia ter encompridado a noite e diminuído o dia pra gente dormir mais e trabalhar menos.

Makoaka se calou, irritado. Ele e seus companheiros deram a entender não ter gostado do que o cozinheiro dissera.

— *Ma'dana!*, "mentira!" — exclamou o tuxaua.

Da mata vinham o canto dos pássaros e o assobio das antas. Alcântara percebeu se tratar de imitações. Sem se deixarem avistar, indígenas os observavam. No almoço, os visitantes nada aceitaram dos brancos. Alimentaram-se de discos de beiju, ovos e carne de tracajá que haviam levado.

Quando os Waimiri-Atroari se afastaram, Fulgêncio advertiu Alcântara ter estranhado o proceder dos indígenas. O clima não parecia nada amistoso.

— O senhor é muito impaciente com eles, o que faz mudarem de humor — alertou o mateiro. — O senhor sabe que aqui já houve massacres. Se a gente não cair no gosto deles, podem se virar contra nós.

O sertanista pareceu não escutá-lo. Mas reagiu:

— Se está com medo, pode voltar pra Manaus. Fica liberado pra abandonar a expedição.

Alcântara se convencera de que Fulgêncio disputava a liderança do grupo com ele por ter sido o primeiro a contatar os *Kinja* e ter bom domínio do idioma deles.

Fulgêncio insistiu:

— É melhor distribuir logo todos os presentes. Senão dentro de dois ou três dias podemos estar mortos.

Embora Alcântara tenha recebido a sugestão a contragosto sem nada dizer, no dia seguinte liberou a distribuição dos brindes. Dois indígenas, sem abrir as embalagens, cuspiram no rosto das duas mulheres que faziam as entregas. Castanheira teve ímpetos de revidar, mas Fulgêncio o segurou a tempo.

— Se segura, homem. Se encostar a mão num deles, não vamos estar vivos esta noite.

Um incidente azedou ainda mais o contato: um dos indígenas arrancou das mãos de Marinalva uma panela de alumínio que ela acabara de desembrulhar. A médica reagiu e tentou tomá-la de volta. O homem segurou-a com força. Viriato apontou-lhe a espingarda e o ameaçou:

— Bam! Bam! Arma de branco cospe fogo e mata índio.

Os indígenas se afastaram, ofendidos.

— Vamos embora, eles maus — exclamou Makoaka. E apontou Alcântara:

— Ele, cachorro *marupá*.

Estalou os dedos e bateu palmas. Em seguida, se afastou para a beira do rio, decidido a retornar à aldeia principal.

Alcântara correu atrás no esforço de aplacar os ânimos. À margem do rio, antes de o grupo embarcar na ubá, apresentou desculpas, mas os indígenas não lhe deram ouvidos.

Ao retornar à aldeia, o sertanista encontrou Marinalva e Severina pálidas, nitidamente amedrontadas. Tentou contornar a situação:

— Não levem a mal. Eles têm outra cultura, outros princípios, e nem sempre somos capazes de entender a reação deles. Temos que ser pacientes e tolerantes, mas sem perder o controle.

E advertiu Viriato:

— Por favor, amigo, não repita isso. As reações dos índios são imprevisíveis. Estamos na boca do leão. Se decidir fechar a mandíbula, não teremos escapatória.

— Desculpe, doutor, mas discordo daquele marechal que considerava índio intocável. Diante de ameaça, meu lema é: "Matar ainda que não seja preciso, morrer nunca!"

13

Na intenção de liberar o caminho ao avanço da Mepa, Fulgêncio propôs a Alcântara recuarem do propósito de pacificar os Waimiri-Atroari. Alegou que, diante da resistência deles, tudo indicava que não se dobrariam às propostas da Funai, e a expedição corria o risco de ser massacrada. Melhor todos retornarem a Manaus. Irritado, o sertanista discordou. Duvidava do prognóstico de Fulgêncio. Malgrado pequenos incidentes, os Waimiri-Atroari lhe pareciam receptivos, amistosos, e ele confiava no próprio tato como pacificador.

— Ninguém veio até aqui pra fugir. Se está com medo, some daqui, Fulgêncio. Vai pra São Gabriel e, de lá, retorna pra Manaus.

Na sexta, primeiro de novembro, a expedição subiu o Abonari rumo à aldeia principal. Alcântara queria reforçar o pedido de desculpas e voltar às boas com Makoaka. Sabia que o êxito de sua missão dependia da boa vontade do cacique, que continuava a se mostrar arredio, até mesmo desconfiado. Sem a anuência dele, o empenho da Funai estaria fadado ao fracasso, e o pior cenário poderia ser descortinado: o coronel Fontoura decidir avançar as obras da rodovia a ferro e fogo.

De brindes, levavam panelas de alumínio, machados, limas e tesouras. Fulgêncio se valeu do clima de indisposição com o sertanista para permanecer sozinho no acampamento. Ao se despedir, Alcântara disse a ele:

— Você precisa perder o medo. Isso me deixa preocupado.

— Preocupado estou eu com o senhor — retrucou o mateiro.

Pouco antes de chegarem à aldeia principal, Castanheira pediu para desembarcar em uma praia. Pretendia apanhar tartarugas para Viriato preparar um guisado no almoço de domingo.

— Não fique longe da margem — disse Alcântara. — Na volta, venho buscá-lo aqui.

Pouco adiante, o caçador avistou a indígena adolescente cuja beleza o fascinara na aldeia. Nua, ela se banhava em um igapó e expunha as nádegas rígidas nos sucessivos mergulhos. Castanheira se lembrou da história contada por Wara'yo: uma mulher decidiu abandonar a aldeia e, assim, livrar-se de suas obrigações, como cozinhar, gerar filhos e cuidar da família. E a melhor maneira de abdicar de sua condição feminina seria se transformar em um animal que os indígenas não comiam. Assim, virou boto. Será que a moça faria o mesmo?

Excitado, ávido de sexo, ele se despiu e entrou na água com um sorriso caviloso estampado no rosto, como quem, faminto, repleta a boca de saliva à vista de um bom guisado. Ao perceber que alguém mais entrara nas águas do igapó, ela emergiu e o encarou. Assustada, virou-se de costas e, com a elegância de um boto, arqueou o corpo no mergulho que a fez desaparecer sob as águas. O caçador se afundou atrás dela, mas não conseguiu enxergar senão uma massa líquida escura pontilhada de diminutos pontos foscos e, por um segundo, a escama brilhante de um peixe que julgou ser um dourado. Ao voltar à tona para respirar, Castanheira viu, na praia, três *Kinja* adultos recolhendo suas roupas e, atrás deles, com o olhar atemorizado, a moça.

— Hei! Hei! Essas roupas são minhas! — gritou.

Deram-lhe as costas e se afastaram. O caçador se viu obrigado a aguardar o retorno do barco protegido apenas por uma tanga improvisada com folhas.

Ele ignorava que a moça se devotava ao banho ritual da primeira menstruação. Deitada em uma rede armada quase junto ao teto da maloca, passara três dias em jejum e reclusão. Trazia a cabeça coberta por um cesto feito de *wahia kaha*, "folha de tucumã". Abaixo dela, uma esteira com terra, sobre a qual pingava o sangue. Ficara proibida de conversar ou pegar vento para não ficar *iaweri*, "louca". No quarto dia, o jejum foi quebrado por *kybyma*, "banana-maçã", tapioca e *xiba*, "peixes" leves. Agora, fora tomar o banho ritual para se reintegrar à comunidade como adulta.

14

Makoaka recebeu os visitantes na boca da trilha que unia o rio à aldeia principal. Estava só e trazia o semblante fechado. Encimava-lhe a cabeça um *beri*, "cocar de penas de gavião-real". Caminharam em silêncio até a área da maloca. Alcântara estranhou não ver por ali nenhum outro indígena. Estariam dentro da maloca? Teriam saído para a floresta?

O tuxaua apontou os troncos tombados de maçaranduba que, no centro da aldeia, serviam de bancos. Ofereceu-lhes vinho de banana; cará e batata cozidos; carne moqueada de jacaré, *kwata*, "macaco-aranha", e papagaio.

— Vim pedir desculpas ao senhor — disse Alcântara ao se fazer entender pela voz de Chico da Lapinha — pelo modo como nosso companheiro Viriato tratou os *Kinja* que nos visitaram. Viemos como amigos, em missão de paz. Jamais atiraríamos contra um índio.

Makoaka permaneceu calado. Tinha a cabeça tombada para o alto e os olhos fixos na fresta vegetal que lhe permitia ver o céu carregado de nuvens. Pensava na abissal distância que o separava daqueles homens brancos convencidos de que são seres superiores. Por que são incapazes de se despir de seus preconceitos? Por que se julgam tão cultos diante de indígenas "ignorantes" se não sabem sequer distinguir uma samaúma de uma castanheira, nem qual tronco de árvore escolher para fazer uma canoa leve o suficiente para flutuar sobre o rio e bastante resistente para carregar em seu bojo meia dúzia de indígenas? Sabem os ouvidos dos brancos distinguir os cantos de uma araponga e de uma curicaca? Sabem conversar com os espíritos da floresta? O silêncio do tuxaua pareceu eterno e constrangeu ainda mais o grupo da Funai.

— Não é isso que traz tristeza — reagiu Makoaka ao abaixar a cabeça. — Aquele outro moço, o caçador, não abraça o respeito. Olhos dele crescem em cima de Ykatema, *pakî*, "minha neta". Se der passo pra fora do respeito, o pai dela, meu filho, vai dar lição a ele.

Alcântara assegurou que Castanheira já havia sido severamente advertido e não haveria mais assédio.

Makoaka prosseguiu:

— *Kinja* não quer *umá*, "varadouro", de branco em nossa terra. Máquina de *kaminja* come floresta, espanta caça, mata peixe com veneno. Mawá trouxe *Kinja* primeiro que branco pra habitar aqui. Criou *Kinja* aqui. *Kaminja-dîhî*, "civilizado filho da puta", veio de fora matar floresta. Se máquina não parar, Mawá vai secar todo seu choro e terra inteira vai virar barro cozido.

Alcântara tentou contra-argumentar, mas o tuxaua, fechado em silêncio, pensativo, entretido em cortar as carnes em pequenos pedaços com seus dedos grossos e levá-los à boca, dava a impressão de não escutá-lo. Passados alguns minutos, falou:

— No tempo antigo não havia varadouro de branco. Mesmo assim, *kaminja* entrava e matava *Kinja*. Com varadouro, branco vai chegar todas as aldeias e matar mais.

15

Fulgêncio aproveitou que ficara sozinho e se dirigiu à maloca queimada. Foi ao encontro de Gibson. Na picada aberta meses antes, o pastor, acompanhado de quatro Wai-Wai, caminhou da clareira ao ponto onde Fulgêncio o aguardava. Antes de partir, advertiu os quatro:

— Não contem a ninguém o que vai acontecer. Os invasores das terras dos Atroari serão mortos. Se vocês contarem isso, vão prejudicar todos os crentes e a Mepa vai se vingar. Meu chefe nos Estados Unidos vai jogar na Amazônia uma fumaça que mata todo mundo.

O pedido trazia sério problema para os Wai-Wai. Impossível guardar segredo numa aldeia. Povos de tradição cultural oral sentem imperiosa necessidade de compartilhar suas experiências para que a história da comunidade não se perca. Os Wai-Wai protestaram contra a exigência de silêncio e, então, o pastor decidiu abrir exceção:

— OK, podem contar, mas só aos pajés. E pra mais ninguém.

Fulgêncio não estava só ao comparecer ao encontro com Gibson. Tinha cúmplices escondidos na floresta, os soldados-operários da obra rodoviária, à espera da hora de entrarem em ação. Todos usavam camisetas de camuflagem do Exército fornecidas pelo major Cordeiro.

— Como estão as coisas? — indagou o pastor.

— Caminham bem — disse o mateiro. — Houve atritos entre o pessoal da expedição e o cacique Makoaka.

— Boa notícia! — retrucou Gibson. — Quanto mais os índios desconfiarem da turma da Funai, mais fácil executar o nosso plano. Falou com Maipá?

— Ainda não. Ao sair daqui, irei ao encontro dele.

Pouco depois, Fulgêncio se reuniu com Maipá e outros guerreiros Waimiri-Atroari.

— Chegou a hora de eliminar esse pessoal da Funai. Foram eles que decidiram construir essa estrada que invade a terra de vocês — disse o mateiro.

O tuxaua relutou diante da proposta, o que inquietou Fulgêncio.

— Foram eles que incendiaram a sua maloca, Maipá. O plano deles é contaminar todo o seu povo com doenças que matam para facilitar a abertura da estrada. Não vieram como amigos. São inimigos.

Com o massacre programado para dali a poucos dias, Fulgêncio pretendia fugir logo em seguida e criar um álibi por ter escapado da morte. Após convencer Maipá, se dirigiu à maloca queimada para assegurar a Gibson que o massacre se daria ao amanhecer da data combinada.

16

Ao retornar ao acampamento e comunicar a Manaus a visita ao cacique Makoaka, Alcântara informou que todos os povos indígenas que viviam no trajeto da estrada eram Waimiri-Atroari.

— Pacificar esses daqui é garantir que eles amansarão os demais — opinou o sertanista.

O coronel Fontoura tinha pressa, e a ansiedade acelerava seu piscar de olhos. Não apenas por causa do projeto rodoviário. Geólogos do governo haviam comunicado ao SNI que, na localidade de Pitinga, próxima ao rio Uatumã, foram detectados cascalhos com altíssimo teor de estanho.

Alcântara fez novo contato no domingo, 3 de novembro:

— Melhoram, a cada dia, nossos contatos com os Atroari. Já não somos tratados com tanta desconfiança. Agora resta convencê-los de instalarmos um novo acampamento na aldeia principal. Mas, por enquanto, não vamos desmontar o acampamento-base junto ao Abonari.

— Fulgêncio continua dando preocupação? — indagou o coronel Fontoura.

— Enfim, ele decidiu deixar a expedição e retornar a Manaus. Melhor assim. Temos outro mateiro conosco, o Chico da Lapinha. É um tipo brincalhão, mas não é intrometido e conhece a língua dos Atroari.

— E quando acha que conseguirá convencer os índios de removerem suas aldeias do trajeto da estrada?

— Temos discutido muito o modo correto de abordá-los — disse o antropólogo. — Eles são imprevisíveis. Queremos evitar doar brindes sem alguma contrapartida. Preferimos a permuta: eles nos ajudam nos trabalhos, nós recompensamos com presentes. Não é fácil convencê-los disso. Num piscar de olhos, passam da atitude amistosa para a hostil. E estamos cientes de que, aqui, nos últimos vinte anos, foram massacrados ao menos quarenta brancos e cento e cinquenta índios de outras tribos. A maioria dos brancos era caçadores de peles de animais e coletores de castanha. Terminados os presentes, foram eliminados. Alguns Atroari pensam que também somos caçadores ou coletores. Mostram-se ameaçadores. É bom prepararem novas sacolas com brindes e jogarem aqui do helicóptero. Acho que vamos precisar.

17

No dia seguinte, não houve contato por rádio. Nem nos dois dias posteriores. Na sala de radiofonia do Batalhão de Infantaria de Selva, em Manaus, o coronel Fontoura, o delegado regional da Funai e parentes de membros da expedição, aflitos, aguardavam notícias. Sob o denso silêncio uma única inquietação atormentava a cabeça de todos que se mantinham de sobreaviso no quartel: as histórias de brancos mortos pelos Waimiri-Atroari.

18

Por pressão dos familiares, na terça, 5 de novembro, uma aeronave da FAB sobrevoou a área dos acampamentos. Devido às espessas nuvens, a visibilidade era zero.

À noite, o silêncio foi quebrado, o que provocou euforia e choro na sala de radiofonia. O equipamento de rádio sofrera pane, mas Severina conseguira consertá-lo.

— Temos outro probleminha entre os integrantes da expedição — informou Alcântara.

— Do que se trata? — indagou Fontoura.

— O caçador Castanheira andou de olho gordo para uma jovem índia.

— Como você reagiu?

— Fui duro com ele. Adverti que não terá segunda chance. Se pisar fora da trilha de novo, será imediatamente cortado da expedição.

— Conte com todo o meu apoio, Vitorino. E da Funai. Faça o que considerar mais conveniente. Cobra com veneno na boca a gente corta pelo pescoço.

19

Na última noite antes de deixar a expedição, Fulgêncio insistiu com Severina para retornar a Manaus com ele, pois conhecia os Waimiri-Atroari e sabia muito bem do risco que corriam. Severina reafirmou seu compromisso com Alcântara e disse que não o abandonaria.

— Só se eu fosse louca sairia daqui na sua companhia — afirmou ela.

Na manhã seguinte, Alcântara deu a Fulgêncio autorização para requisitar um avião em São Gabriel e retornar a Manaus.

De canoa, o sertanista levou o mateiro até um ancoradouro próximo às obras da estrada.

Contudo, Fulgêncio retornou às escondidas para a proximidade do acampamento, acompanhado de um grupo de soldados-operários do Batalhão de Engenharia de Construção, seus comparsas.

20

Fulgêncio encontrou os chefes Waimiri-Atroari junto à maloca queimada.

— Chegou o dia de acabar com essa gente da Funai. Eles não prestam, querem convencer vocês a deixar derrubar a floresta pra passar a estrada, e vão trazer doenças.

— Vamos *wupia*, "matar" — assentiu Makaoka. — Não são amigos. São *marupá*.

O céu parecia liquefeito na intensa chuva daquela noite da primeira semana de novembro. O trovejar reboava ao longe e, entre frestas da vegetação, relâmpagos abriam fendas douradas. Tinha-se a impressão de que toda a floresta bailava ao embalo do vento forte que despenteava as copas das grandes árvores, enquanto o mundo virara de cabeça para baixo e, agora, os rios desabavam do céu e encharcavam a mata.

Na noite de quinta, 7 de novembro, após jantarem tucunaré com pirão e banana frita debaixo do toldo armado no centro do acampamento-base, os expedicionários se recolheram às suas barracas. Alimentadas pelo gerador, as luzes permaneceram acesas por mais meia hora, enquanto Alcântara se comunicava com Manaus. Sua fala nervosa soava enigmática, como a pressentir algo. Fontoura perguntou quando pretendiam voltar.

— Na floresta não se faz planos, nem se estabelecem datas — respondeu o sertanista. — Apesar das dificuldades, sobretudo diferenças culturais, aos poucos conseguimos quebrar a resistência dos índios. Ora se mostram amistosos, ora desconfiados e até um pouco hostis. Preciso de mais duas ou três semanas.

Logo se despediu, disse que iria dormir porque, no dia seguinte, pretendiam desmontar o acampamento-base e transferir todos os equipamentos para o novo acampamento junto à aldeia principal. Em nenhum momento passou aos interlocutores a impressão de estar preocupado com a segurança de sua equipe.

Foi a última comunicação vinda da selva.

Capítulo VI

1

NA MADRUGADA DE SEXTA, 8 DE NOVEMBRO, POUCO ANTES DO alvorecer, Fulgêncio e seus comparsas se dirigiram ao acampamento. Empunhavam lanternas para cortar a escuridão. Iluminados, os fios de chuva teciam cortinas de cristais nas veredas da mata. Gorjeios e silvados se mesclavam com o bater de asas de pássaros despertados pelos intrusos. A floresta acordava, exalava o perfume da umidade, sugava a água que embebia o solo e nutria as raízes das árvores. Maipá os esperava na entrada do acampamento.

— Vamos dar um fim neles! — disse Fulgêncio.

— Vamos! — confirmou o líder guerreiro.

Agitado, Maipá convocou seus companheiros que se encontravam recostados no tronco de uma palmeira-açaí:

— Levantem, chegou a hora.

Armas em mãos — arcos, flechas e lanças compridas com pontas de metal —, entraram pela trilha que conduzia ao igarapé. Os primeiros raios de sol que trouxeram a estiagem prateavam a vegetação íngreme que se erguia majestosa por cima de suas cabeças. Uma renda de miríades insetos revoava entre as árvores como a saudar o novo dia. Seiscentos metros adiante, onde havia uma bifurcação em Y, seguiram pelo ramal da esquerda, rumo ao acampamento-base. Aproximaram-se das barracas pouco após cinco da manhã. Por não dar ouvidos ao coronel Fontoura, Alcântara não escalara ninguém para vigiar o acampamento.

Os Waimiri-Atroari combinaram que o primeiro a flechar seria Maipá, *tînerikiya wan*, "homem destemido". Mas Fulgêncio, tomado pela ansiedade, engatilhou o revólver e disparou primeiro. Deitado em sua rede, Alcântara ainda dormia quando o tiro o atingiu na cabeça. Mesmo baleado, com a visão obnubilada, saltou da rede e caminhou trôpego em busca de sua arma, tateando a esmo. Tinha cabelos e fronte empapados de sangue e emitia gemidos ininteligíveis. Maipá armou seu arco. A flecha cravou-se nas costas do sertanista, na altura da omoplata esquerda. A vítima se dobrou e caiu com o corpo atravessado sobre a rede, enquanto os indígenas disparavam mais flechas contra ele. Castanheira, despertado pelo barulho, disparou sua arma. O tiro atingiu o ombro esquerdo de Maipá. Com o impacto do projétil, o líder guerreiro tombou desmaiado. Ao recobrar a consciência pouco depois, a chacina havia sido consumada. Todos os homens da expedição estavam mortos. Restavam com vida as duas mulheres. Cercadas pelos comparsas do mateiro, choravam abraçadas uma a outra, eletrizadas por uma tremedeira compulsiva. Marinalva se mantinha calada, de cabeça baixa, tomada pelo pânico, enquanto Severina suplicava a Fulgêncio poupá-las.

Maipá queria mantê-las vivas. Considerava covardia matar mulheres desarmadas. Fulgêncio, entretanto, não admitia que sobrevivessem. Sabia que o Exército procuraria os expedicionários, e elas, caso fossem resgatadas com vida, seriam testemunhas decisivas contra ele. As duas tinham que morrer.

2

Os indígenas de língua caribe da Amazônia brasileira cultivam temor reverencial aos mortos. Os Waimiri-Atroari praticavam a cremação. O corpo era depositado em um jirau suspenso a um metro do chão e, embaixo, acendia-se a fogueira. Eles julgavam que, se enterrassem seus defuntos, todas as vezes que se aproximassem da tumba as lembranças do falecido trariam tristezas. Acreditavam também que, após a morte, uma parte imaterial abandona os restos do indivíduo, transformando-o em *Irikwa*, "morto-vivo", um ser que, coberto de cabelos e com a boca deslocada para o peito, vaga pela floresta, ataca os vivos e pratica o canibalismo. Por isso, os mortos eram cremados nas margens dos rios e as cinzas jogadas na água para se espalharem e não voltarem a fazer mal aos viventes. Como os mortos-vivos deambulam pela floresta, nenhum Waimiri-Atroari sai desacompanhado à noite para caçar, exceto os xamãs. Encontrar um *Irikwa* é mortal, basta fitá-lo. E costumam atacar a vítima abocanhando-lhe o pescoço, como fazem as onças-pintadas.

Nas guerras intertribais, se alguém era morto dentro de casa, eles incendiavam a maloca para o fogo consumir o cadáver e o *Irikwa* do falecido não permanecer ali dentro. Como os *Irikwa* dos brancos não conhecem a localização das malocas indígenas, os Waimiri-Atroari não têm motivos para temê-los. Mas o caso de Vitorino Alcântara e seus companheiros era diferente. Haviam entrado nas malocas, sabiam onde dormiam os indígenas, e seus *Irikwa* poderiam voltar e fazer com mulheres e crianças da aldeia o mesmo que fora feito com seus corpos.

3

Makoaka, que se mantivera recuado ao observar o ataque, ficou apreensivo. Comunicou que ele e seus companheiros se refugiariam por um tempo no interior da floresta. Fulgêncio procurou tranquilizá-lo, assegurou não ser preciso se afastar dali, os brancos não haveriam de vingar a matança. Insistiu, porém, que o tuxaua não admitisse mais nenhum *kaminja* na aldeia, exceto se em companhia dele, Fulgêncio. Qualquer outro branco que aparecesse ali deveria ser morto.

Os Waimiri-Atroari não temiam apenas a vingança dos brancos, inquietavam-se também com os *Irikwa*. Por isso, após a chacina, Makoaka ordenou a construção de uma nova maloca ao lado da que a expedição conhecera. Surgiu assim o que os pilotos que sobrevoaram a região batizaram de maloca geminada. Ainda que permanecessem no mesmo local, ao menos se fazia necessário mudar de casa para que os *Irikwa* não soubessem onde dormiam mulheres e crianças.

4

Logo após a retirada de Makoaka, Maipá e seus companheiros, os soldados-operários, cúmplices de Fulgêncio, esfaquearam as duas mulheres. Afiaram a ponta de uma vara, abriram as pernas de Marinalva e a introduziram na vagina. Severina teve o corpo cortado ao meio. O facão enfiado entre as pernas rasgou-a até o ombro.

5

Pouco depois, avisado da retirada dos Waimiri-Atroari, Gibson chegou ao local da carnificina. Orientou os Wai-Wai a levarem os corpos para a beira do rio, distante do acampamento. Com as chuvas, a várzea logo ficaria inundada e os cadáveres seriam devorados por peixes e bichos do mato. Amedrontados, os Wai-Wai, como os Waimiri-Atroari, se recusavam a tocar em mortos. Gibson cutucou com um pau o cadáver de Alcântara para mostrar que, inerte, não oferecia perigo. Mas era exatamente por estarem mortos que os indígenas se negavam a tocá-los. Gibson então pediu aos comparsas de Fulgêncio cortarem forquilhas e amarrar os corpos, de modo a arrastá-los sem serem tocados. Os quatro Wai-Wai puxaram os mortos até a beira do rio. Retirados os cadáveres, Gibson passou a repartir o que restara no acampamento. Os Wai-Wai ganharam enlatados, facões, ferramentas e as botas masculinas. O pastor recolheu para si, como parte da pilhagem, as armas da expedição e os pertences de Alcântara, inclusive o caderno no qual o sertanista anotava a fonética e o significado de palavras em *Kinjayara*.

Enquanto os assassinos saqueavam o acampamento, Makoaka e Maipá retornaram e, ao se deparar com as mulheres mortas sendo arrastadas, sentiram pena delas e disseram um ao outro em *Kinjayara*:

— Podemos fazer o mesmo com eles.

Fulgêncio e Gibson, ao pressentirem o perigo, se retiraram em passo acelerado, rumo à maloca queimada. Ali, o pastor e seu grupo se separaram do mateiro, enquanto Fulgêncio embarcava no "Bezerrinho", que deixara preparado para a fuga. Desceu o Abonari na embarcação, decidido a retornar a Manaus. Gibson, com os quatro Wai-Wai, voltou para a clareira no Alalaú pela picada aberta meses antes. Apressados, caminharam dois dias pela floresta para se distanciarem do local do crime. Na tarde do segundo dia, chegaram à clareira. O pastor pediu, pelo rádio, um helicóptero para resgatá-los.

— Olha aqui, filhos da puta, vocês não contem nada a ninguém, senão eu mato vocês — Gibson ameaçou os

Wai-Wai. — Se disserem alguma coisa, mando jogar aqui na Amazônia uma bomba que solta fumaça branca, e quem respirar vai morrer.

Para assegurar o compromisso de segredo, deu uma arma a cada um e prometeu tomar de volta se falassem. O pastor sabia que pôr em mãos de indígenas armas de fogo é reforçar a dependência deles em relação aos "civilizados", uma vez que só estes têm condições de lhes garantir munição.

Na manhã seguinte, o helicóptero resgatou-os na clareira. O piloto fez duas viagens para transportar todos até a Pista Alfa. À tarde, um avião do Asas da Salvação os conduziu de volta a Kanaxen.

Contudo, Maipá, inconformado com a morte das mulheres, saiu com seus guerreiros no encalço dos assassinos. Encontrou apenas quatro operários vestidos de soldados. Flechou de morte todos eles.

6

Nos dias seguintes, sucessivos voos do Parasar percorreram a região à procura dos seis homens e das duas mulheres. Sobrevoaram centenas de quilômetros entre o igarapé Abonari e o rio Alalaú. Os binóculos se mostravam impotentes para atravessar o espesso tapete de árvores encorpadas que ladeiam rios e escondem igarapés. Onde estariam? Teriam se embrenhado na mata na tentativa de fugir da ameaça indígena? Estariam mortos?

7

Na descida do rio, Fulgêncio encontrou, por acaso, dois geólogos, pesquisadores do solo amazônico, às margens do rio Uatumã. Deram-lhe rede de dormir, cerveja resfriada entre pedras de um igapó e, de comida quente, carne de jabuti amarelo. Disseram que eram do Sul e ali se encontravam a serviço da Companhia de Pesquisa de Recursos Minerais, do governo federal, interessada em explorar o potencial mineral da Amazônia. Com a ajuda deles, o mateiro chegou a Itacoatiara uma semana depois. Dali fez contato telefônico com o Batalhão de Infantaria de Selva. O tenente que atendeu comunicou-se de imediato com o coronel Fontoura que, do aeroporto de Manaus, coordenava as buscas aos desaparecidos.

Uma aeronave Catalina da FAB resgatou Fulgêncio em Itacoatiara e transportou-o a Manaus. A notícia de que possivelmente todos os integrantes da expedição haviam sido "massacrados por índios selvagens" e apenas um escapara atraiu ao aeroporto inúmeros jornalistas, inclusive da imprensa estrangeira. Vestido com farda da Aeronáutica, Fulgêncio escapou por um portão lateral no carro do coronel Fontoura.

— Os índios atacaram a expedição. Acho que não há sobreviventes — informou o mateiro.

— A estrada é irreversível. Temos que integrar a Amazônia ao país — reafirmou o coronel dilatando os olhos verdes, indiferente ao que havia sucedido à expedição da Funai. — E terá que ser aberta, custe o que custar. Não vamos mudar o traçado para, primeiro, pacificar os índios. Seria muito oneroso.

O mateiro contou ainda que, na tarde que ficara a sós no acampamento, enquanto os demais se dirigiram à aldeia principal, estranhou a demora em retornarem. Ao despertar, ainda de madrugada, viu que não haviam voltado. Decidiu ir até a aldeia conferir se estariam por lá. Sabia que os Waimiri--Atroari não saem da maloca antes de o dia clarear:

— Fazia muito silêncio. Pensei que todos dormiam nas malocas dos índios. Andei mais um pouco e encontrei dois corpos estendidos no chão, cobertos de insetos que disputavam o sangue coagulado. Pela roupa, reconheci que um era de Severina. Estava estendida no chão, toda flechada, inclusive na vagina. O outro parecia ser de Viriato, nosso cozinheiro. Voltei correndo para me esconder na mata. Me refugiei numa árvore, mas logo veio a chuva e, então, apavorado, voltei ao acampamento, peguei a espingarda, munição, latas de comida, embarquei no "Bezerrinho" e desci o rio. Sentia os índios me seguirem de dentro da floresta. Continuei a fugir, primeiro pelo igarapé Abonari e, depois, pelo Uatumã. Remava de dia e me escondia à noite. Até que meu barco virou e a água do rio engoliu a espingarda. Por sorte, no dia seguinte encontrei o acampamento dos geólogos.

Lamentou que Vitorino Alcântara não lhe desse ouvidos ao preveni-lo quanto à ferocidade dos Waimiri-Atroari.

8

Ao ser interrogado no quartel do Batalhão de Infantaria de Selva, o mateiro descreveu Alcântara como um homem brusco, inábil, impaciente com os indígenas, incapaz de ouvir conselhos. Tal perfil não coincidia com a opinião do coronel Fontoura e dos que participaram com ele da expedição de contato com os Yanomami. Tudo confirmava que Fulgêncio disputara a liderança com Alcântara.

Outro detalhe intrigou os interrogadores: a rota de fuga. A Amazônia é uma imensa planície e, em muitos trechos, viaja-se mais rápido de um ponto a outro por terra, quase em linha reta, do que de barco. Quem a sobrevoa constata que as vias fluviais são como gigantescas serpentes sinuosas, contorcidas, recurvadas. Por que Fulgêncio preferiu escapar a bordo de uma pequena embarcação com o risco de ser surpreendido pelos Waimiri-Atroari? Por que não se dirigiu ao campo de pouso de São Gabriel? O interrogado se mostrava sobremaneira confuso quando indagado a respeito dos dias em que a expedição ficou sem poder se comunicar por rádio.

Capítulo VII

1

AQUELES QUE TIVERAM ALGUM CONTATO COM FULGÊNCIO SOARES aplicavam-lhe todos os epítetos: aventureiro, herói, assassino, covarde, falso, mitômano, paranoico... Gabava-se sempre de ter sido prefeito de um município do interior de Minas e proprietário de grandes fazendas. Fato é que, se tamanha soberba se lhe despontava, vivia encoberto por uma nuvem de mistérios e suspeitas.

Um topógrafo que trabalhou com ele no início da abertura da BR-174 declarou: "Foi o homem mais perigoso que conheci, capaz de qualquer coisa. Bom de tiro e ágil no facão. Mata e depois descreve o crime como se tivesse depenado uma galinha."

Nascido em Sete Lagoas, Minas, aos 18 anos Fulgêncio se apresentou ao serviço militar no Regimento Escola de Infantaria, no Rio de Janeiro, comandado pelo capitão Luiz Fontoura. Diplomado no curso de sargento, passou a servir no Regimento Andrade Neves sob as ordens do tenente João Batista de Oliveira Figueiredo — que mais tarde, já com a insígnia de general, tornou-se presidente da República no último período da ditadura.

Fulgêncio se desligou da vida castrense no fim da década de 1940. Pouco depois, um oficial do Exército o indicou para a guarda pessoal de Getúlio Vargas, sob o comando de Gregório Fortunato, chefe dos pistoleiros do presidente. Na noite de 5 de agosto de 1954, capangas subordinados a Fortunato postaram-se de tocaia na rua Tonelero, no Rio, defronte ao prédio onde residia Carlos Lacerda, dono do jornal *Tribuna da Imprensa*, trincheira de cerrada oposição política a Vargas. Tinham ordens para assassinar o jornalista. Quando Lacerda e seu filho desceram do carro dirigido pelo major-aviador Rubens Vaz, foram recebidos por uma saraivada de tiros que atravessou a rua. Lacerda recebeu um tiro no pé, o filho escapou incólume, mas o major tombou morto com duas balas no peito. As investigações apontaram como executores dois homens da guarda pessoal do presidente: Climério de Almeida e Alcino Nascimento, posteriormente condenados. Lacerda sempre afirmou ter visto um terceiro atirador, jamais admitido pelos capangas. Havia sim, e se chamava Fulgêncio Soares. De sua pistola calibre 45, de uso exclusivo das Forças Armadas, saíram os tiros que acertaram o major Vaz.

Até reaparecer em Manaus, dez anos depois, sua trajetória é desconhecida. Consta que teria retornado a Minas, se casado, tido quatro filhos e, mais tarde, abandonado a família. O fato é que, ao chegar à capital amazonense, bateu à porta do 27º Batalhão de Caçadores, comandado pelo major Fontoura, outrora seu superior militar. Não pretendia se realistar.

Queria emprego. O militar o contratou para gerenciar, às margens do rio Jauaperi, sua usina de extração de essência de pau-rosa. Ao longo de seis anos não se teve notícias dele. Supõe-se que, na época, logrou os primeiros contatos com os Waimiri-Atroari.

Próximo à usina, Fulgêncio se enamorou de Iracema, cabocla catadora de ovos de tartaruga nos períodos de nidificação. Os pais da adolescente de quinze anos permitiram o casamento por considerar o noivo trabalhador, respeitoso, e não beber nem fumar. Depois de anos de trabalho na usina, o casal se mudou, com os três filhos, para Ponta Negra, próximo a Manaus, onde o engenheiro Paulo Lobanto contratou Fulgêncio para tocar uma fazenda de gado e desmatar a área para abrir pasto. Ali, a relação do casal começou a desandar. Fulgêncio fazia frequentes viagens sem nunca dizer à mulher a verdadeira razão. Alegava negócios, como a venda da madeira nobre derrubada nas amplas áreas de floresta sucessivamente ocupadas pelas monoculturas do agronegócio. Dias depois, por vezes uma semana ou um mês, retornava caladão, como se ruminasse um segredo, e trazia os bolsos cheios de dinheiro.

Uma tarde, Lobanto apareceu na fazenda à procura de Fulgêncio. Iracema informou que o marido ainda não tinha retornado de viagem e convidou o patrão a tomar café com bolo de macaxeira.

— Ele viaja demais, Iracema! Não disse que voltaria em três dias? Já passou uma semana e nada de dar notícias. Por isso vim aqui fazer duas coisas: despedir seu marido e dar um conselho a você.

Iracema não se surpreendeu. Pressentia que a paciência do fazendeiro chegaria logo ao limite.

— Some daqui com seus filhos, Iracema — aconselhou ao estender a ela um envelope contendo uma quantia de dinheiro equivalente a seis meses de trabalho do casal. — Seu marido não merece você.

Iracema já esperava pela demissão. O patrão se serviu de mais uma fatia.

— Seu marido não vale nada! — disse em tom grave, ainda de boca cheia. — Sabe por que veio pra cá? Por que viaja tanto? Porque é pistoleiro de aluguel. É isso mesmo, Iracema, seu marido é assassino. A cada vez que viaja é pra matar alguém.

Fulgêncio gostava de ir ao encontro do velho amigo Leonel, garimpeiro conhecido como "Pai da pomba" que, com frequência, promovia festas em uma ilha deserta do rio Amazonas. O apelido advinha do modo chulo como, no garimpo, os homens se referiam à vagina. Dono de uma mina de cassiterita cuja localização não revelava a ninguém, Leonel enchia o barco de prostitutas e, em companhia de amigos, passava dias a se embebedar, enquanto as mulheres saíam à procura dos maços de dinheiro que ele enterrava na areia da praia.

Iracema retornou com os filhos para a casa dos pais. Uma semana depois, Fulgêncio reapareceu. Não demonstrou nenhum desgosto por ela não o esperar na fazenda. Pelo contrário, contou que se tornara evangélico, aceitara Jesus e andava arrependido de seus erros.

2

Em janeiro de 1968, Fulgêncio foi contratado para trabalhar como guia de operários e soldados engajados na obra de abertura da BR-174. Entre os acampados, corria o boato de que ele, rico fazendeiro, aceitara o serviço por gostar de aventuras na floresta. Todos ignoravam que graças ao coronel Fontoura se tornara agente do SNI dentro do canteiro de obras.

Os trabalhos na rodovia começavam às primeiras horas do dia. Cinquenta homens abriam picadas na mata para medir o terreno. Trabalhavam à sombra, já que imponentes copas das árvores entrelaçadas dificultavam a passagem do sol. O forte calor e a umidade, próximo à linha do Equador, davam a eles a sensação de estar em uma sauna. Logo atrás vinha a turma do desmatamento munida de machados e motosserras para derrubar a floresta. E, em seguida, as máquinas.

Fulgêncio se adiantava a todos, até mesmo à equipe de topografia. Como guia, atribuía-se também a tarefa de obter carne. Metia-se de madrugada na mata equipado com armas e um radiotransmissor.

Em meados de 1968, no caminho das máquinas, os operários se depararam com uma caveira crivada de flechas enfeitadas de penas vermelhas afixada no tronco de um jacarandá. Houve debandada geral e muitos se recusaram a voltar a trabalhar.

No início do segundo semestre, a equipe de topografia, ao atingir a margem do igarapé Abonari, decidiu interromper a obra. Além daquele limite se estendia o território dos

Waimiri-Atroari, considerados pela Funai um dos mais ferozes povos amazônicos. Seria preciso esperar que fossem "pacificados"...

3

Em fins de novembro, o *Correio de Itacoatiara* estampou em manchete: *Versão do mateiro é falsa!* O repórter Ricardo Relua conseguira localizar, em um ancoradouro da cidade, Custódio Bezerra, o ribeirinho que alugara o barco "Bezerrinho" à expedição. Ele contou ao repórter que ao encontrar os expedicionários teve muito boa impressão de todos, exceto de Fulgêncio, que lhe pareceu desconfiado, tanto que se afastou do grupo enquanto Bezerra explicava o funcionamento do barco.

Em Itacoatiara, Fulgêncio dissera a Bezerra que decidira abandonar a expedição depois de Viriato ameaçar os indígenas com uma arma. O barqueiro acrescentou que, na versão do mateiro, Alcântara apoiara o caçador. Quando Bezerra o interrompeu e afirmou não poder acreditar, pois o sertanista lhe parecera uma pessoa cordata, Fulgêncio teria objetado: "Ele é assim com os brancos, mas com os índios age com mão dura."

Bezerra revelou ainda ao repórter que o mateiro deixara com ele uma sacola com objetos pessoais. Relua convenceu-o a abri-la. Dentro, duas calças, duas camisas, dois calções, um par de sandálias de borracha — tudo ainda com etiquetas de lojas —, fotos dos filhos, uma Bíblia encadernada, livros evangélicos — *Mananciais no Deserto*, de Lettie Cowman, e *Cristo é o Senhor*, de Dionísio Pape — e, em um saco de plástico, recipientes para recolher amostras de minerais, fichas de catalogação mineralógica, três resultados de exames de amostras minerais, cinquenta cartuchos e, em perfeito estado, a espingarda calibre 20 que Fulgêncio dissera ter sido tragada pelo rio. Havia também um caderno de anotações sobre pesquisas minerais, pertencente a Claude Gibson, e uma autorização: "Fineza entregar ao portador deste as mercadorias que se encontram no acampamento do igarapé Abonari, no quilômetro 212 da BR-174. Kanaxen, 10 de novembro de 1968."

Que interesse tinha Fulgêncio em pesquisas minerais? Quem era Claude Gibson? E como o mateiro chegara a Itacoatiara com um bilhete datado em 10 de novembro se, nesta data, ele declarou descer o rio Uatumã ao escapar da chacina?

A reportagem teve ampla repercussão. Ansioso por lavar as mãos, o coronel Fontoura declarou, em entrevista coletiva, que o SNI apurara que Fulgêncio não passava de um "aventureiro inescrupuloso". A direção da Funai levantou a suspeita de seu envolvimento no desaparecimento ou possível massacre dos expedicionários.

Como por milagre, no dia seguinte o Exército emitiu nota em defesa do mateiro. Alegou que os objetos encontrados na sacola eram apenas mercadorias para revender e obter algum dinheiro para complementar a renda e, ainda, convocou-o a servir de guia nas operações de busca da expedição.

O major Paulo Cordeiro havia marcado um tento.

4

Quando Fulgêncio Soares chegou a Itacoatiara, o Parasar completava uma semana de voos em busca dos desaparecidos. Em Manaus, o coronel Fontoura recebeu ordens de comparecer ao comando da Aeronáutica, no Rio de Janeiro. Dois dias depois, foi inquirido durante dez horas em uma sala na qual havia um grande mapa da Amazônia.

Destacavam-se no mapa as setas adesivas que apontavam a área compreendida entre o igarapé Abonari e a Cachoeira Criminosa, no rio Alalaú. Os oficiais da Aeronáutica se queixaram de o Parasar atuar com dificuldade por não receber, em Manaus, informações precisas sobre a expedição. Os contratempos se deviam também à multiplicidade de nomes dos rios amazônicos. Um mesmo curso d'água consta com um nome no mapa, é denominado com outro pelos indígenas, e identificado pela população ribeirinha por um terceiro nome.

Fontoura insistiu que a expedição havia subido o igarapé Abonari e não o rio Uatumã. O tenente-coronel que o interrogava lhe exibiu uma foto:

— Reconhece?

Era a maloca do tuxaua Maipá, fotografada pelo próprio Fontoura ao sobrevoar a região para preparar a rota da expedição. O comando do Parasar queria saber por que aparecia ali apenas uma maloca incendiada, enquanto a foto mais recente dos paraquedistas mostrava, ao lado, o esqueleto de uma nova.

— Ora, porque fiz a foto meses antes de a expedição adentrar na selva. Os índios não tinham iniciado ainda a construção desta outra.

Fontoura retornou a Manaus com plenos poderes para comandar as buscas. A primeira medida foi ordenar um sobrevoo cuidadoso no Santo Antônio do Abonari, desde as malocas geminadas até a nascente. A rota foi bastante fotografada e, à noite, o laboratório fotográfico do Exército revelou os negativos. O coronel se deteve em uma das fotos, na qual aparecia um corpo amarrado a um tronco de árvore estendido no chão. Mandou ampliá-la. O resultado suspendeu-lhe a dúvida: além daquele, havia outro corpo estirado ao lado. No dia seguinte, a primeira página da *Folha do Amazonas* exibiu a foto e confirmou o massacre da expedição.

O "furo" jornalístico foi amplamente reproduzido pela imprensa nacional e internacional. No domingo, 22 de dezembro, as nuvens que, há duas semanas, cobriam a área dos Waimiri-Atroari se dissiparam, o que permitiu um helicóptero da FAB avistar a maloca de Maipá e providenciar a descida, em uma clareira, do mateiro Fulgêncio Soares e cinco paraquedistas para resgatar os corpos.

Não havia corpos. O que parecera um corpo amarrado ao tronco era, de fato, um galho recostado num angelim-vermelho. No chão, ao lado do tronco, um machado estirado. Durante quarenta e cinco minutos o helicóptero manteve o sobrevoo no local, apoiado em terra por um avião Catalina com soldados do Batalhão da Selva. Os paraquedistas vasculharam toda a área sem encontrar nenhum sinal dos indígenas e dos desaparecidos. Além dos motores das aeronaves, escutaram apenas o canto dos pássaros e o farfalhar da vegetação.

Fulgêncio opinou que, com certeza, o ruído das aeronaves alertara os Waimiri-Atroari para se embrenharem na mata.

— Estou seguro de que, enquanto vasculhávamos a área, os selvagens nos observavam o tempo todo — afirmou.

Dois dias depois, a equipe de resgate retornou ao mesmo local. Tanto o galho da grande árvore quanto o machado haviam mudado de lugar, o que confirmava a previsão de que os indígenas andavam por ali. Os homens do Parasar decidiram entrar por uma picada na direção do rio. Duzentos metros à frente, alcançaram o acampamento-base. Óbvio que o local fora abandonado às pressas. Havia vários indícios de que ali houvera conflitos: barracas sem cobertura de lona, comida estragada, panelas e pratos revirados, redes de dormir rasgadas e com sinais de sangue, papéis em branco e, espalhados pelo chão, um sutiã, uma bainha de faca e o coldre da arma de Alcântara. Tudo recoberto por um formigaral incontável. Não foram encontrados enlatados, facões, armas, o radiotransmissor, o gerador e os barcos. Prosseguiram as buscas no rumo do porto de ubás. Nada. Não se ouvia nem o canto dos pássaros.

Em Manaus, muitos ainda acreditavam que a expedição, sem condições de operar o radiotransmissor, estaria retornando. Diferentes versões circulavam na imprensa, até mesmo de que os expedicionários teriam sido aprisionados por um cacique branco que vivia entre os Waimiri-Atroari. "Entre os índios existem homens de peitos e pernas cobertos de pelos, o que comprova existir brancos entre eles", comentou o comandante dos paraquedistas. "Makoaka é um branco renegado, ex-oficial do exército venezuelano. Ele matou o pai e a mãe", pontificou um sargento da Aeronáutica.

Em Goiás, dom Tomás Balduíno, bispo da Ordem Dominicana especializado em questões indígenas, reagiu indignado: "Essa mentira é velha como o cachimbo de Adão. Toda vez que se fala em chefe branco nas aldeias é para provocar a intervenção do Exército e massacrar os indígenas. Isso é coisa de quem pretende se apropriar das terras deles para implantar projetos agropecuários e explorar possíveis jazidas minerais."

O bispo sabia do que falava. As notícias de jazidas minerais nas terras dos Waimiri-Atroari passaram a circular durante a Segunda Grande Guerra, quando o Brasil assinou um acordo com os Estados Unidos e autorizou as Forças Armadas do país do Norte a fazer o levantamento aerofotogramétrico e mineral da Amazônia. Na época, os estadunidenses já dispunham de equipamentos de alta precisão, como cintilômetro e magnetômetro, utilizados em prospecção mineral pelo tenente Walter Williamson, morto por invadir o território *Kinja*.

5

De Manaus, a FAB transportou, em aviões e helicópteros, um pelotão de cinquenta e seis soldados para a região do Abonari. Antes de levantar voo, todos os militares foram obrigados a jurar jamais revelarem o menor detalhe sobre a missão que cumpririam na área dos Waimiri-Atroari.

Aterrissaram em um campo de pouso próximo ao quilômetro 200 da BR-174. Ali se instalara o acampamento do 6º Batalhão de Engenharia de Construção do Exército, no local onde hoje se encontra o quartel. Cercaram-no com fios elétricos ligados a um motor-gerador. E dali, todos os dias, as aeronaves levantavam voos para procurar os expedicionários e bombardear aldeias.

No sábado, 28 de dezembro, o Parasar decidiu fazer uma varredura. Fulgêncio e os paraquedistas desembarcaram do helicóptero no acampamento-base. Dali, caminharam no rumo da aldeia aos gritos e disparando tiros para o alto. Próximos às malocas, se dividiram para melhor explorar as trilhas que conduziam ao rio. Um soldado avistou dois sacos, um de plástico, outro de algodão. Ao caminharem na direção deles, os militares perceberam a folhagem amassada. Logo, uma lufada de vento entupiu-lhes as narinas com um odor putrefato. Avançaram mais alguns metros e se depararam com um esqueleto; trajava cinta-calça e sutiã cor-de-rosa desbotado. O cadáver fora comido por aves de rapina. Os ossos dos braços e das pernas estavam amarrados com cipó. O crânio, quase todo afundado em uma poça de lama, trazia a marca de violento golpe de facão. Vinte metros à frente, outro esqueleto. Também amarrado com cipó. O calção comprovava tratar-se de um homem. Na têmpora direita, a marca de facão. Logo encontraram outro esqueleto de mulher, com a calcinha presa ao fêmur. Ao caminharem na direção do rio, verificaram que a trilha se alargara por força de algo pesado que transitara por ali. Encontraram uma ossada amarrada a duas grandes varas que formavam um X. Ao lado, coberta pela água da margem do rio, outra ossada com camiseta branca, calça de brim e afundamento na têmpora direita. Duas obturações de metal comprovaram se tratar dos restos mortais do chefe da expedição, o sertanista Vitorino Alcântara.

No dia em que as ossadas foram localizadas, seis aeronaves despejaram bombas por toda a área de busca sob o pretexto de garantir segurança aos paraquedistas e ao médico-legista que, envoltos em nuvem de fumaça, desceram do helicóptero pela escada de cordas.

6

À população de Manaus que, intrigada, observava a movimentação aeronáutica, os militares alegaram haver guerrilheiros infiltrados nas aldeias, o que exigia a ação antiguerrilha denominada "Operação Atroari", precedida de ampla panfletagem feita na capital amazonense e também lançada sobre o território *Kinja*. Nos panfletos, pedia-se a rendição de supostos guerrilheiros:

Guerrilheiro!
Lê com atenção esta mensagem. Guarda este folheto com cuidado. Ele é o teu passaporte para a vida. Estás cercado. Teus momentos estão contados. Vê na Operação esboçada que o teu fim está próximo! Teus companheiros estão morrendo. Tu mesmo podes estar ferido. Os soldados brasileiros — teus irmãos — estão cada vez mais próximos. A aviação bombardeia sem cessar. Olha a bandeira de seu (sic) país. És brasileiro — lembra-te disto. Reflete, pensa bem — o verdadeiro inimigo pode estar ao teu lado. Repudia-o, aprisiona-o, mata-o.
Irmão, rende-te. Teu passaporte: esta mensagem. Tua recompensa, a vida. Teu futuro: perdão.
Assinado: Do comandante do teatro de operações.

7

Transportadas a Manaus pelo Parasar, as ossadas, envoltas em sacos plásticos e dependuradas em helicópteros, foram expostas nos céus da capital amazonense de modo a suscitar na população horror aos "índios terroristas". Levadas em seguida para a catedral em carro de bombeiro, atraíam a atenção de inúmeras pessoas aglomeradas nas calçadas para ver passar o cortejo fúnebre. Jornalistas dos grandes veículos de imprensa do Brasil e do exterior, que cobriram o desaparecimento da expedição, agora acompanhavam o funeral. Todas as autoridades do estado do Amazonas se fizeram presentes à missa.

Na entrada do templo, os repórteres abordaram o coronel Fontoura, interessados em sua versão dos fatos.

— O ataque Waimiri-Atroari foi lançado contra o pessoal da Funai — disse — porque falta aos índios a capacidade tecnológica e militar para enfrentar as máquinas pesadas de terraplenagem usadas para abrir a rodovia BR-174. Com certeza os índios se ressentem da velocidade com a qual a estrada está sendo construída, atravessando o território deles. Como não podem enfrentar máquinas e tratores, nem evitar o avanço do progresso, então se vingaram no pessoal da Funai.

Sebastião Pirineu, representante da Funai, convidado pelo sacerdote a dizer uma palavra ao final da celebração, declarou do púlpito:

— Nós, da Funai, estamos cansados dessa guerra sem armas. Nossa estratégia de pacificação dos Waimiri-Atroari fracassou. É hora de usarmos meios mais diretos, como dinamite, granadas, gás lacrimogêneo e rajadas de metralhadora. Precisamos dar aos índios uma demonstração da força de nossa civilização.

Aplausos ecoaram pelo templo.

Encerrada a celebração, o coronel Fontoura, cuja excitação transparecia em seus olhos fúlgidos, puxou Pirineu a um canto da igreja:

— E se os Atroari nos denunciarem?

— Denunciarem como, coronel? Ninguém entende língua de índio, e eles não podem fazer nada sem autorização da Funai.

8

Entre as versões do massacre propaladas naqueles dias, se destacaram: 1) Os expedicionários teriam discutido na frente dos Waimiri-Atroari, assustando-os. Na briga, houve troca de tiros e mortos. Amedrontados, os indígenas atacaram. 2) Fulgêncio, cumpliciado com operários da estrada, tinha armado uma conspiração para saquear a expedição. 3) O jornal *A Crítica*, de Manaus, publicou, em 25 de abril de 1969, matéria intitulada *Expedição da Guiana implicada no massacre da missão junto aos Waimiri-Atroari*.

De fato, um grupo de escoteiros de Roraima, ao visitar a Guiana em janeiro de 1969, fora recebido pelo chefe dos escoteiros de Georgetown, o inglês Lawrence Thompson, que exibira diapositivos de seu irmão em meio aos Wai-Wai. Entre as fotos, uma maloca queimada onde a expedição da Mepa montara seu acampamento.

— A Mepa queimou para não deixar vestígios — disse Lawrence Thompson.

— Vocês queimaram!? — reagiu o chefe dos escoteiros de Roraima.

Isso explicava a vingança indígena ao atacar a expedição. Os escoteiros denunciaram o fato ao retornarem a Roraima. Mas os jornais de Boa Vista não se interessaram pela denúncia. E, mais tarde, os denunciantes negaram tudo.

A denúncia foi abafada pelo pastor Nicholas Byrd, dirigente da Mepa e administrador da frota de aeronaves Asas da Salvação, com sede em Boa Vista, suspeita de operar no contrabando de minérios. Cumpliciado com o coronel Thompson e o pastor Gibson, ele apresentara à Funai um projeto alternativo de "pacificação" dos Waimiri-Atroari, "caso ocorra qualquer eventualidade" com a missão comandada por Vitorino Alcântara.

Devido ao massacre da expedição, em maio de 1969 o coronel Luiz Fontoura foi destituído de todas as funções relacionadas à abertura da BR-174 e às áreas indígenas.

Capítulo VIII

1

EM FINS DE DEZEMBRO DE 1968, A NOTÍCIA DO MASSACRE CHEGOU a Kanaxen e provocou alvoroço. Confirmava os rumores que, desde novembro, corriam entre os Wai-Wai confinados na área da missão evangélica. A mando de Claude Gibson, Gakutá e seus companheiros haviam participado da conspiração que resultou no assassinato dos integrantes de uma expedição da Funai, cujos corpos foram escondidos. Publicamente os Wai-Wai acusados negavam os fatos que eles mesmos, no entanto, reiteravam em conversas com parentes e amigos.

Como chefe dos chefes, o tuxaua Auká convocou todos que haviam acompanhado Gibson ao Brasil. Queria esclarecer os fatos, saber se os rumores procediam. Eles negaram todas as acusações. Dias depois, a mulher de Nawaxá procurou Auká para contar que, em casa, o marido lhe havia confirmado tudo.

Auká ameaçou-os de serem desterrados, uma das mais severas punições indígenas. Então decidiram falar. Confessaram ao chefe dos tuxauas tudo que ocorrera no Abonari.

Não satisfeito, Auká se dispôs a encabeçar nova expedição ao território dos Waimiri-Atroari para tirar tudo a limpo. Partiram em meados de janeiro de 1969. Após passarem pela picada aberta por ordem de Thompson e Gibson, navegaram até alcançarem a clareira do igarapé afluente do Alalaú. Ali surgiram os primeiros indícios de que Gibson e os Wai-Wai haviam participado do massacre. Chamou a atenção do tuxaua o número de buracos no chão e a grande quantidade de terra removida. O detalhe denunciava a obsessão de Gibson por pesquisas de minerais estratégicos. Mais adiante, encontraram facões e ferramentas enferrujados que, após a matança, teriam sido roubados da expedição da Funai. E, danificado pelas intempéries, o caderno de anotações da médica Marinalva.

Da clareira, seguiram a pé, rumo ao igarapé Abonari, pela trilha aberta pela expedição comandada por Gibson e Gakutá, até atingirem o território Waimiri-Atroari. Após muito esforço, chegaram à aldeia Axya. O encontro foi, de início, amistoso. Mas o humor mudou quando os Wai-Wai pediram para mostrarem o local da chacina. Recusaram-se a levá-los até lá. Auká insistiu. Irritados com a intromissão, jovens guerreiros cercaram os visitantes e os conduziram até a maloca queimada, onde os acusaram de ter provocado o incêndio. Como punição, cortaram o cabelo de Auká, despiram todos os Wai-Wai e mandaram se deitarem no chão com o rosto virado para cima. Tartarugas mata-mata — um dos animais mais aterradores e repulsivos da Amazônia — foram postas a caminhar dos pés à cabeça dos aprisionados, proibidos de emitir a menor queixa caso não quisessem ser mortos. Exigiram, em seguida, que levantassem toras pesadas de madeira. Quem não conseguisse, morreria. Todos conseguiram. Ao perceber que continuariam sendo submetidos a provas e corriam o risco de não saírem vivos dali, os Wai-Wai, em disparada, se enfiaram pelo interior da floresta. Foram dois dias de correria, nus e sem comida, pela mata enigmática, afligidos por múltiplas picadas de tapiús; a pele rasgada, toda estriada de sangue, por afiados espinhos; e a protuberância das raízes a querer deter-lhes o passo.

Em desespero, Auká decidiu invocar os velhos deuses tribais dos Wai-Wai. Isolado a um canto, realizou antigo ritual de pajelança que tinha abandonado havia décadas, quando jogara seus instrumentos de xamã no rio Essequibo. Ignorou o Deus dos brancos e pediu socorro ao Espírito da Floresta. Pouco depois, revigorado e confiante, juntou-se ao grupo.

— Vamos voltar para a aldeia Atroari — disse ele. — O Espírito da Floresta revelou pra mim que nada vai acontecer de mal com a gente.

Ao retornarem à maloca queimada, já não encontraram os guerreiros, e sim mulheres que, condoídas com a sorte dos Wai-Wai, lhes devolveram as roupas e deram-lhes pirarucu moqueado e vinho de açaí. Na manhã seguinte, Maipá veio ao encontro deles. Pela coragem de haver retornado mereceram o respeito do líder guerreiro.

— Por que mataram gente da Funai? — perguntou Auká.

— Varadouro dos brancos vem derrubar floresta e trazer doenças. Wai-Wai queria me matar, queimou minha maloca;

Kaminja queria me matar, deu tiro — disse Maipá ao exibir o ferimento no ombro esquerdo. — Wai-Wai e Funai juntos fazer mal a *Kinja*.

Em seguida, fez um relato detalhado do que havia ocorrido.

2

Apesar da exigência de sigilo feita por Auká, ao retornarem a *Kanaxen*, aumentaram os rumores sobre a culpa de Gibson. Somente Auká, como chefe dos tuxauas, poderia falar o que havia sido apurado. Nada disse. Mas Nawaxá, que o havia acompanhado, quebrou o silêncio. As mulheres decidiram interrogar Gakutá. E escolheram um momento especial para isso: no domingo, ao final do culto religioso celebrado em uma ampla e arredondada tenda de palha. Um escândalo! Pressionado, confirmou todos os detalhes: a garimpagem na clareira no Alalaú; os contatos com o major Cordeiro; o encontro com Fulgêncio; a queima da maloca; a chacina; a mutilação dos corpos; o roubo dos equipamentos; a volta à clareira; a fuga.

Sem confessar a verdadeira intenção de Gibson e Thompson — a de ter controle sobre o território *Kinja* para exploração mineral —, Gakutá alegou que os integrantes da expedição da Funai eram todos católicos e a Mepa não podia admitir que levassem aos Waimiri-Atroari essa seita religiosa herética e papista. Contou que, em uma de suas viagens a

Manaus, Gibson havia articulado tudo com o major Cordeiro e Fulgêncio, e que o militar prometeu pagar ao mateiro quatro mil dólares pela empreitada assassina. Revelou que Fulgêncio demonstrara preocupação com a repercussão da chacina:

— Então Gibson sugeriu culpar os Waimiri pela matança.

Assim, selaram o acordo entre eles.

As revelações de Gakutá causaram assombro. Indignado, um grupo de indígenas, liderado por Nawaxá, decidiu assassinar Gibson, considerado o principal culpado. Prepararam a armadilha para esmagá-lo com a queda de uma árvore enquanto derrubavam a mata para o plantio de novas roças. O pastor escapou por pouco e, ao atinar que sofrera um atentado, se transferiu para a aldeia de Ararapuru, no Suriname.

Quando a refrega parecia amainar, nova crise surgiu com o recrudescimento das ameaças de Forbes Burnham de expulsar os missionários da Guiana. Auká viajou a Georgetown, chefiando uma delegação de indígenas, para pedir a Burnham permitir a permanência de estrangeiros em Kanaxen. De início, ele consentiu. Mas em 1971 a Mepa foi expulsa da República Cooperativa da Guiana.

3

A guerra da ditadura militar brasileira contra os Waimiri-Atroari recrudesceu no segundo semestre de 1974. Convencidos de que os indígenas não deslocariam suas aldeias de lugar nem se mostravam dispostos a permitir que a rodovia cortasse suas terras, no final de outubro os militares, com apoio da Funai, aproveitaram a festa na aldeia Karabna ya Mudî, próxima ao varadouro do Baixo Alalaú, para bombardeá-la. Mixopy, a caminho da festa, se defrontou com o massacre e organizou um ataque ao Posto Alalaú II, da Funai. O Parasar respondeu com uma incursão bélica. Bombardeou e incendiou várias aldeias.

Pouco depois, o Comando Militar da Amazônia convocou uma reunião, no quartel do igarapé Santo Antônio do Abonari, com o delegado da Funai, Sebastião Pirineu. Ali, emitiram o documento 042/74, que oficializou a guerra aos indígenas:

Ministério do Exército/Comando Militar da Amazônia/2º Grupamento de Engenharia de Construção.

Em consequência da reunião realizada no quilômetro 220 da BR-174, (...) e considerando (...) que os trabalhos de implantação da BR-174 não podem ser interrompidos, determino que: (...) sejam dadas instruções intensivas para que todas as turmas ou grupos que recebem visitas amigáveis dos índios as considerem como um aviso do futuro ataque, e que tomem as necessárias medidas para retrair ou receber reforços; sejam distribuídos às turmas e grupos foguetes e bombas de tipo "junino", para afugentar os índios, devendo esses artifícios pirotécnicos ser utilizados com parcimônia para que produzam resultados; (...) esse Comando, caso haja visitas dos índios, realize pequenas demonstrações de força, mostrando aos mesmos os efeitos de uma rajada de metralhadora, de granadas defensivas e da destruição pelo uso de dinamite.

General de Brigada Gentil Nogueira Paes.

4

Um mês depois, o sertanista Gilberto Pinto Figueiredo, destacado pela Funai para dar prosseguimento à missão abortada pelo massacre da expedição liderada por Vitorino Alcântara, morreu assassinado no igarapé Santo Antônio do Abonari II. A imprensa afluiu à sede da Funai, em Manaus, interessada na causa da morte de um dos mais prestigiados sertanistas do órgão federal.

— Tudo que sabemos, por enquanto, é que ele foi vítima de um ataque indígena — declarou Sebastião Pirineu.

Vários indícios, entretanto, tornavam a acusação suspeita: Figueiredo mantinha excelentes relações com os tuxauas *Kinja*; defendia com intransigência os direitos dos povos originários; e não se sabe se morreu por flecha ou tiro, já que o governo impediu que seu corpo fosse autopsiado e o caixão aberto...

Na coletiva de imprensa, Pirineu voltou a proferir ameaças:

— Os Waimiri-Atroari precisam de uma lição: aprender que estão errados. Vou usar mão de ferro contra eles. Os chefes serão punidos e, se possível, deportados para bem longe de suas terras e gente. Assim, aprenderão que não é certo massacrar civilizados. Irei com uma patrulha do Exército até uma aldeia e lá, em frente a todos, darei uma bela demonstração de nosso poderio. Despejaremos rajadas de metralhadoras, explodiremos granadas e faremos muito estrago até que os Waimiri-Atroari se convençam de que nós temos mais força do que eles.

Pirineu admitiu que a tradicional estratégia de pacificação da Funai havia fracassado. Chegara a hora de usar meios mais diretos. Deixar brindes para os indígenas, segundo ele, apenas daria a ideia de que estariam sendo recompensados pelos ataques dos últimos anos. Estava convencido de que a demonstração de força desobstruiria o caminho para o avanço da rodovia.

5

As declarações do delegado do órgão federal chocaram a opinião pública. O *Jornal do Brasil* estampou em manchete: "Funai — funerária nacional dos índios!" Muitos exigiram do presidente do órgão, general Ismarth de Araújo Oliveira, tornar transparente a política oficial no projeto Manaus-Boa Vista. O general expressou que as opiniões de Pirineu não representavam a posição da Funai, e que o superintendente regional do órgão federal seria afastado do cargo enquanto fossem investigadas suas declarações. Ao mesmo tempo, admitiu que a Funai chegara a um impasse nas tentativas de pacificação dos Waimiri-Atroari, e que os indígenas estavam "defendendo suas terras de forma intransigente".

6

Na presença do vice-presidente da República, general Adalberto Pereira dos Santos, que representou o general Ernesto

Geisel, então presidente da República, a rodovia BR-174 foi oficialmente inaugurada em 6 de abril de 1977. Jornais, rádios e emissoras de TV destacaram a inauguração da estrada e os "heróis" que tombaram ante "a crueldade assassina" dos Waimiri-Atroari: o sertanista Vitorino Alcântara, servidores da Funai e soldados-operários do 6º Batalhão de Engenharia de Construção do Exército. Do lado dos indígenas, nenhum registro de morte, malgrado o desaparecimento de mais de vinte aldeias: quatro no vale do Alalaú, uma na margem direita do Baixo Alalaú, e três na margem direita do Médio Alalaú; nove na área ocupada pela Mineração Taboca; e sete no Igarapé Santo Antônio do Abonari, hoje nas profundezas da represa da hidrelétrica de Balbina. A população *Kinja* perdeu trinta mil hectares de terras e ficou reduzida de três mil para menos de mil pessoas, sem que o governo, único detentor de informações, apresentasse as causas desse despovoamento.

7

Pouco depois, ao ser recebido pelo ministro Shigeaki Ueki, da pasta de Minas e Energia, o coronel João Carlos Nobral Vieira, então à frente da Funai, não disfarçou que nutria indisfarçável ojeriza aos povos originários:

— Índios são estorvos civilizatórios, ministro. Se dermos ouvidos a eles e a seus porta-vozes, teremos que trocar o nosso jargão de "pra frente, Brasil!" por "Brasil, marcha a ré!".

O ministro, de ascendência nipônica, comungava as mesmas ideias do militar em relação aos indígenas.

— Fica tranquilo, coronel. Tenho aqui assinado o alvará de pesquisa e lavra mineral para a empresa Paranapanema instalar o projeto Pitinga na reserva dos Waimiri-Atroari — disse ao repassar o documento. — Mas você está a par do montante do investimento?

— Sim, excelência, cerca de vinte e cinco milhões de dólares. Uma merreca se considerarmos que o potencial da jazida está calculado em vinte e oito mil toneladas de estanho no valor de quatrocentos e vinte milhões de dólares.

O ministro encarou em silêncio seu interlocutor, que se entretinha em ler o texto do alvará, e cogitou com seus botões: "Quanto ele haverá de embolsar nessa empreitada?"

8

A Funai convidou o jovem Kayak, educado para se tornar futuro tuxaua do povo *Kinja*, para conhecer Manaus. Designou o funcionário Alício Mureta, um homem de expressões melífluas e fartos cabelos pretos fixados por brilhantina, para servir-lhe de guia. O rapaz se deslumbrou com a cidade: a altura dos prédios, o sabor dos sorvetes, a magia do cinema. Uma tarde, Alício prometeu-lhe:

— Esta noite você vai conhecer as mulheres mais bonitas do mundo.

Levou-o ao bordel Ângelus. A compleição atlética do jovem indígena, os cabelos negros e lisos, os olhos castanhos acentuadamente vivos fascinaram as mulheres. Seu guia ofereceu-lhe cerveja:

— Escolha uma dessas putas, Kayak. Eu pago. Ela vai te levar para o quarto e, lá dentro, você aproveita dela como quiser.

Kayak nunca havia se aproximado de uma loura. Ficou encantado com os cabelos cacheados da mesma cor de um dos pescados que ele mais apreciava, o dourado. No entanto, recusou o convite para acompanhá-la à alcova. Sentiu-se tomado por profundo constrangimento.

No almoço do dia seguinte, Alício se debruçou sobre a mesa da churrascaria.

— Kayak, todos na Funai sabem que você vem sendo preparado para ser tuxaua. Mas não queremos que seja tuxaua apenas de uma aldeia. Queremos que seja como um rei, tuxaua geral de todas as aldeias *Kinja*. E vamos incluí-lo no quadro de funcionários da Funai. Todo mês depositaremos seu salário num banco aqui de Manaus e, quando você vier de novo, gasta como bem entender, compra o que te agradar.

Kayak retornou confuso ao seu território. Nunca imaginara que também os brancos veriam nele um grande chefe. Contudo, ao narrar a viagem na aldeia, confessou que, em Manaus, havia descoberto como deve se sentir um *meky*, "macaco-prego", ao cair numa armadilha...

— Mas eu larguei a banana — disse ele.

Isso porque os macacos, ao estender a mão para apanhar a banana na arapuca, não conseguem mais largá-la e, assim, recolher o braço, ainda que cientes de que haverão de cair em mãos dos caçadores. Bastaria o macaco largar a banana para retomar a liberdade. Mas, o objeto do desejo fala mais forte.

9

Em maio de 1986, Sebastião Pirineu reuniu na aldeia um grupo de líderes *Kinja* e exibiu um mapa do território ocupado por eles.

— Esta parte aqui de suas terras — apontou — vamos ceder para a Mineração Taboca, da Paranapanema. Em troca, ela dará a vocês um trator para plantio e colheita, e um motor de barco.

Pouco depois, a Mineração Taboca S/A assinou um "Termo de Compromisso" com três líderes Waimiri-Atroari. Foram testemunhas Sebastião Pirineu e o major Cordeiro. Os três signatários indígenas não tinham condições de entender o alcance do que assinavam.

Pelo "Termo de Compromisso de Coexistência Pacífica", o Grupo Paranapanema exploraria minérios dentro da área Waimiri-Atroari "sem conflitos", e os indígenas cederiam à mineradora acesso ao igarapé Ootape, hoje Madeira, onde em 1944 os oficiais estadunidenses Williamson e Baitz foram mortos por invadirem o território *Kinja*. Foi o primeiro avanço da empresa para dentro do vale do Alalaú. De sua parte, a Taboca destinou aos indígenas recursos para um projeto de bovinocultura.

O gado era totalmente estranho à vida e à cultura dos *Kinja*. Os dezessetes bois e dois cavalos que chegaram à aldeia Yawara viraram atração circense, distração diária para os indígenas, deixando o interior de seu território livre para a atuação da mineradora. Os animais causaram o abandono das roças, transformadas em pastagens. Os finais de tardes — hora em que a comunidade indígena se reunia para confeccionar utensílios e partilhar a memória de tradições e mitos — foram substituídos pela "contemplação" ao boi. O projeto de pecuária inviabilizou a realização das festas tradicionais na aldeia, que passou a depender dos enlatados ofertados pela Funai e a Mineração Taboca. Em menos de meio ano a comunidade se viu privada de produtos de roça, como cana-de-açúcar, banana, macaxeira, batata-doce, cará e milho. A farinha de mandioca vinha de aldeias próximas. Até a trilha do posto da Funai foi tomada pelo boi. A escola se transformou em abrigo noturno dos animais.

A Sudeste da Cachoeira Criminosa, onde se localiza hoje a Mineradora Paranapanema, desapareceram pelo menos nove aldeias da margem esquerda do Médio Alalaú, aerofotografadas em 1968, durante sobrevoos a serviço da Funai, quando se preparava a expedição chefiada por Vitorino Alcântara.

Notícias da presença de indígenas nas proximidades da Mineração Taboca, no rio Pitinga, sempre foram abafadas pela empresa. O motorista de uma carreta que transportava material de construção para a mineradora encontrou, na estrada, corpos de seis homens e duas mulheres *Kinja*. Tudo indica que foram mortos pela Sacomã, empresa de segurança formada e comandada por ex-agentes do DOI-CODI, elementos pertencentes ao Exército e à polícia, com a explícita missão de "limpar a floresta", "as áreas de mineração" e acabar com os "estorvos" — os indígenas e, algumas vezes, pobres garimpeiros.

A Sacomã, dirigida por dois militares reformados e um da ativa, subordinado ao Comando Militar da Amazônia, foi autorizada pelo Exército a "manter ao seu serviço 400 homens equipados com cartucheiras 20 milímetros, rifle 38, revólveres de variados calibres e cães amestrados".

10

Em maio de 2021, o coronel reformado Luiz Fontoura, em passos trôpegos, a mão direita apoiada em uma bengala e o lado esquerdo do rosto levemente contorcido devido a um AVC, entrou em um prédio de Manaus localizado na rua Dom João. Ali, foi recebido pelo presidente da Holos Global Investimentos, o major reformado Paulo Cordeiro.

— Bem-vindo, coronel. A que devo a honra de sua visita? — indagou o anfitrião ao indicar-lhe um sofá.

Fontoura reparou na foto oficial do presidente da República, Jair Messias Bolsonaro, exposta na parede atrás da poltrona revestida de pele de onça-pintada e ocupada pelo major.

— Desde que pendurei as armas, moro em uma chácara nos arredores de Itacoatiara — disse com voz pausada, entrecortada, cansada pela velhice. — Venho de vez em quando a Manaus para as compras. Ao tomar café com um amigo, me contou de seu engajamento na iniciativa privada. Por isso liguei para saber se poderia visitá-lo.

— O senhor é sempre bem-vindo!

— Pelo jeito os ventos lhe sopram favoráveis — disse Fontoura ao apoiar o queixo sobre o dorso das mãos firmadas no cabo da bengala e observar, com seus olhos esverdeados, agora mais foscos que brilhantes, a luxuosa sala com vista para o Parque Municipal do Mindu.

— Não posso me queixar, coronel. No Exército e no DER eu só ganhava dores de cabeça; aqui o dinheiro é tão farto quanto a chuva nessas plagas.

— Virou banqueiro, major?

— Quase. Represento empresas estrangeiras interessadas em explorar as riquezas da Amazônia, como as norte-americanas BlackRock, Citigroup, JP Morgan Chase, Vanguard, Bank of América e Dimensional Fund Advisors. Em conjunto, investiram na região, apenas nos últimos três anos, dezoito bilhões de dólares.

— E investem em quê?

— De preferência em mineração, agronegócio e energia, priorizando os estados do Pará, Maranhão, Mato Grosso, Roraima e Amazonas. A Amazônia é a maior área mineral do planeta, e, hoje, somos uma civilização inteiramente dependente do minério.

— E investem diretamente?

— Não, são fundos de grande volume de capital. Fazem investimentos por meio de empresas que atuam diretamente na Amazônia, como as mineradoras Vale, Potássio do Brasil, Anglo American e Belo Sun; as do agronegócio, como Cargill, JBS e Cosan/Raízen; e empresas da área energética, como a Energisa Mato Grosso, Equatorial Energia Maranhão, Bom Futuro Energia e Eletronorte. Não se esqueça, coronel, já em 1973 o projeto RadamBrasil havia encerrado seu levantamento aerofotogramétrico e mineral da bacia amazônica e descoberto grandes reservas de minério de ferro, manganês, estanho, bauxita, carvão, nióbio, tântalo, zircônio, ouro e diamante.

— E qual o seu papel nessa história, major?

— Fazer a ponte entre os fundos de investimentos estrangeiros e as empresas que atuam na região. E tomar providências jurídicas e políticas para desmontar essa onda denuncista de queimadas, garimpos ilegais, invasões de áreas demarcadas e, em especial, destravar o maior empecilho ao desenvolvimento da Amazônia, como o senhor bem sabe: as tribos de índios.

— E os Waimiri-Atroari, ainda dão trabalho?

Antes de responder, Cordeiro pensou "quem ainda me dá trabalho é Fulgêncio Soares". Mas preferiu não mencionar o mateiro que agora, nonagenário e doente, vivia à custa dele em um asilo de Manaus.

— Os Atroari já não incomodam, pois conseguimos com a Funai interditar as áreas que ocupam. De modo que, agora, está tudo sob controle, tutelado pela Eletronorte e a Mineração Taboca. Em breve vamos comemorar quarenta e oito anos de criação da Eletronorte e trinta e três anos do convênio firmado entre a Eletronorte e a Funai, na época da construção de Balbina, e que transferiu os cuidados dos Waimiri-Atroari à empresa energética.

— Vamos falar em português claro, Cordeiro, no caso dos Waimiri, a Funai terceirizou a política indigenista, concorda? E quer saber minha opinião? Foi uma tacada de mestre essa de transformar uma tribo inteira em refém do setor empresarial.

— Os índios são como crianças, coronel. Contentam-se com qualquer coisa. A Eletronorte e a Taboca prestam um bom serviço assistencial a eles, conseguem mantê-los sob liberdade vigiada e, portanto, não incomodam. O importante, agora, é mostrar que estão satisfeitos com o que recebem das duas empresas e, assim, quebrar as resistências criadas pela Constituição de 1988. Terras indígenas não podem ser consideradas santuários intocáveis, em especial quando abrigam riquezas que somente grandes empresas são capazes de explorar.

— Li nos jornais que o linhão de Tucuruí vai passar pelo território Waimiri.

— Sim, coronel. O linhão foi considerado, pelo Conselho de Defesa Nacional, uma importante obra para a soberania de nosso país. Rondônia não pode depender da Venezuela em matéria de energia. Ainda mais enquanto o país vizinho estiver contaminado pelo socialismo bolivariano. Isso ameaça a segurança nacional. Rondônia precisa estar conectada ao Sistema Interligado Nacional. E as linhas de transmissão, com extensão de setecentos e vinte e um quilômetros, terão que passar por cento e vinte e três quilômetros das terras dos Waimiri, de modo a ligar Manaus a Boa Vista. Isso dará um bom lucro à empresa vencedora da licitação do linhão e da qual meu escritório tem procuração: a Transnorte Energia, consórcio formado pela Eletronorte e pela Alupar.

— E os Waimiri estão de acordo?

— Querem compensações ambientais. Acusam o linhão de afugentar a fauna, prejudicar a caça indígena, aumentar o risco de acidentes, alterar trilhas e rotas tradicionais, contaminar o solo e reduzir a cobertura vegetal da floresta. Enfim, esse rosário de queixas que eles sempre trazem na ponta da língua.

— O consórcio pretende atendê-los?

— Ora, coronel, o que pode um povo primitivo e ignorante contra o poder do capital?

Fim

Agradecimentos

Ao padre Silvano Sabatini (1922-2014) por seu livro *Massacre*, escrito em parceria com o jornalista Antonio Carlos Fon, editado em 1998 pela Sociedade Missionários de Nossa Senhora Consoladora (São Paulo) e o Conselho Indigenista Missionário (Brasília). Sua leitura me inspirou este romance.

A Egydio Schwade, que me municiou de valiosa documentação concernente ao povo Waimiri-Atroari e fez importante leitura crítica dos originais. E a seu filho, Maiká Schwade, professor do Departamento de Geografia da Universidade Federal do Amazonas, que conferiu as referências geográficas do texto, sugeriu correções pertinentes e confeccionou o mapa de localização das aldeias *Kinja*.

A Wilmar R. D'Angelis, pela leitura atenta dos originais, com correções e indicações valiosas.

A Viviana Bosi, professora livre-docente em Teoria Literária e Literatura Comparada, da Universidade de São Paulo (USP), por sua leitura acurada dos originais e críticas e sugestões pertinentes.

Ao antropólogo Stephen Grant Baines, professor da Universidade de Brasília (UnB), estudioso de etnologia indígena, que dedicou parte de seu precioso tempo para ler os originais e fazer sugestões importantes.

A Benedito Prezia, pesquisador da história indígena, por sua leitura atenta do texto e preciosas sugestões.

A Pasquale Cipro Neto, pela paciência de correções e oportunas sugestões quanto a conceitos gramaticais.

A Bhuvi Libanio, escritora e tradutora, por acurada leitura dos originais e sugestões críticas.

A Ana Miranda, por sua crônica "Rios voadores" (*Diário do Nordeste*, 13 de setembro de 2020).

A Mário Buratto, por me ajudar a lidar com arquivos eletrônicos.

Obras do autor

AUTOR TÃO PROLÍFICO QUANTO TALENTOSO, FREI BETTO ESCREVEU setenta livros e participou como colaborador em outros tantos. Entre as obras de sua autoria, se destacam: *Sinfonia universal, a cosmovisão de Teilhard de Chardin; Um homem chamado Jesus; Fidel e a religião: conversas com Frei Betto; Lula: biografia política de um operário; Cartas da prisão, 1969-1973; O que é Comunidade Eclesial de Base; Batismo de sangue. Os dominicanos e a morte de Carlos Marighella; O paraíso perdido: viagens ao mundo socialista; A mosca azul: reflexões sobre o poder; Espiritualidade, amor e êxtase.*

Seus livros foram traduzidos para numerosos idiomas e publicados nos seguintes países: Alemanha, Argentina, Austrália, Bélgica, Bolívia, Canadá, Chile, Colômbia, Coreia do Sul, Cuba, Egito, Espanha, Equador, Estados Unidos da América, França, Filipinas, Grécia, Holanda, Índia, Itália, Iugoslávia, México, Peru, Polônia, Portugal, República Dominicana, Rússia, Sri Lanka, Suécia, Suíça, Turquia, Venezuela e Vietnã.

A lista de suas obras completas, detalhando as diversas traduções e reedições, pode ser consultada em sua página no site da Editora Rocco: https://www.rocco.com.br/autor/frei-betto/

Impressão e Acabamento:
EDITORA JPA LTDA.